Himmel voller Leidenschaft

Jacqueline Kiara Nele Barnett

Himmel voller Leidenschaft

- Erotischer Roman –

Herstellung und Verlag:
Books on Demand GmbH, Norderstedt
ISBN 9783748117261
erste Auflage: 12/2018

Über die Autorin:
Jacqueline Kiara Nele Barnett schreibt seit ihrer Jugend. Sie wirkt bei Lesungen und Anthologien mit. Im Internet wurden ihre Werke von verschiedenen Plattformen bereits mit Preisen ausgezeichnet.

Alle in diesem Roman beschriebenen Personen und Geschehnisse sind frei erfunden und absolut fiktiv. Ähnlichkeiten mit lebenden und verstorbenen Personen und tatsächlichen Ereignissen sind rein zufällig.
Unter dem Titel „Messe des Verlangens" erschien der Roman bereits 2009. Er wurde überarbeitet und teilweise geändert und erscheint jetzt unter dem Titel „Himmel voller Leidenschaft"

Bibliografische Information der Deutschen Nationalbibliothek:
Die Deutsche Nationalbibliothek verzeichnet diese Publikation in der Deutschen Nationalbibliografie; detaillierte bibliografische Daten sind im Internet über http://dnb.dnb.de abrufbar.

Himmel voller Leidenschaft
Autorin: Jacqueline Kiara Nele Barnett
Satz: Jacqueline Kiara Nele Barnett
Foto: Jacqueline Kiara Nele Barnett
Covergestaltung: Jacqueline Kiara Nele Barnett
© 2018 by Jacqueline Kiara Nele Barnett
Herstellung und Verlag: Books on Demand GmbH, Norderstedt

Herr Boulanger, Chef der Maschinenfabrik „Boulangers Welt" schleicht durch die heiligen Räume seiner Verkaufsabteilung. Seine Schäfchen tippen emsig Briefe, Angebote und Rechnungen, telefonieren mit Kunden aus dem In- und Ausland oder beugen ihre beinahe rauchenden Häupter über viele Dokumente. Herr Boulanger, Chef dieser gutgehenden Maschinenfabrik und ungekrönter König aller Golfplätze in Pappelgrubenhausen, betrachtet unauffällig die arbeitenden Damen. Die Messe „Maschina 2016" steht vor der Türe, so wie alle drei Jahre. Eine Messe wie jede andere - so möchte man meinen. Doch nur wenige Leute wissen, was sich wirklich hinter den Kulissen dieser Messe abspielt.

Und so mustert Herr Boulanger die Damen wie Zuchtstuten auf dem Pferdemarkt. Seine „Pferdchen", die als Aushängeschilder auf dem Messestand Eindruck schinden sollen. Jessy Hartheimer zeigt endlose, schöne, schlanke Beine, die im rassigen Minirock aus beigefarbener, sommerlich duftiger Baumwolle verschwinden. War sie nicht auch einer der Schlager während der letzten MASCHINA? Sicherlich macht sie sich auch diesmal wieder gut im Messeteam.

Und dann gibt es Daphne Pfeifenkönig. „Sie ist eine Sexbombe!", äußerte sich der Betriebsleiter über sie. Ja, einen solchen „Knaller" kann man sich auch auf der Messe nicht entgehen lassen. Daphne ist nicht nur fachlich eine Kanone, die selbst mit der heikelsten Situation klarkommt, sondern spreizt auch bereitwillig ihre Beine für jedermann.

„Mit ihr kann man sicherlich wieder den einen oder anderen Auftrag an Land ziehen!" Herr Boulanger nickt zufrieden und lässt seine Blicke zu Monique Rosenberger schweifen. Ihre langen, schlanken Beine versteckt sie schüchtern unter einem engen, langen Röhrenrock. Und auch sonst wirkt sie viel zu brav, viel zu anständig. Trägt man heute noch einen geflochtenen Zopf, der ordentlich den Rücken hinunter hängt? Und schminkt man sich nicht heutzutage? Monique trägt ja nicht einmal einen Lippenstift, meidet auch Sonnenstudios wie die Pest und wirkt so eher kränklich, nicht so rassig wie die knackig braunen Schönheiten, die sich auf Stränden in Urlaubsgebieten tummeln.

„Anstand ist out!" Herr Boulanger schüttelt unmerklich seinen Kopf, während diese Gedanken durch seinen Kopf schießen - wie Sternschnuppen am Himmel. „Besonders auf dieser Messe!"

Noelle wartet heute mit hautengen kobaltblauen Jeanshosen auf. Nichts Besonderes, was die Kleidung anbelangt. Aber Noelle hat bei BOULANGER gekündigt, und das macht sie für die Messe erst recht interessant.

Sie wird nur einmal zum Wohle der Firma die Beine spreizen und Kollegen und Kunden mit ihrem knackigen Hintern gefallen. Dann fängt sie sowieso einen neuen Job an und wird vergessen, was sich auf der MASCHINA 2016 abspielte.

Herr Dr. Feige, der fleißige Verkaufsleiter, wird das Messeteam zusammenstellen. Natürlich nach Herrn Boulangers Wünschen.

1. Kapitel

Auf seinem bequemen Bürostuhl mit den gesundheitsfördernden fünf Rollen sowie einer verstellbaren Rückenlehne thront Herr Dr. Feige. Fein säuberlich übereinandergestapelt liegen auf seinem Schreibtisch etliche Bogen Papier. Schriftwechsel, wie Faxe und Briefe, von Kunden, die schon seit langen Wochen auf ihre Bearbeitung warten. Aufschreie von Kunden, die vergeblich - jedenfalls bisher - ihre Angebote anmahnen.

Aber auch heute findet Herr Dr. Feige keine Zeit dafür. Sein Kopf raucht, er versucht krampfhaft, das Messeteam für die MASCHINA 2016 zusammenzustellen. Wen nehmen wir mit? Wer war beim letzten Mal dabei? Fachliche Kompetenz und Zuverlässigkeit spielen nur eine Nebenrolle. Natürlich dürfen alle Herren aus der Verkaufsabteilung Erfahrungen auf dem Messestand sammeln, Kunden begrüßen und ihnen die Maschinen der Firma Boulanger vorstellen und erklären. Die Herren verdienen das - haben sie nicht ansonsten ebenfalls den innigsten Kontakt zu den Kunden, klären technische Probleme ab und vieles mehr?

„Und welche Damen nehmen wir mit?", denkt Herr Dr. Feige und zieht seine Stirne in Falten. Die MASCHINA verlangt höchste Konzentration, und abends, nach dem Messegeschehen, sollen die ausgelaugten Männer, Krone der Schöpfung, ihr Vergnügen haben.

Wobei sich Herr Dr. Feige total ausklammert. Er ist ja immerhin unter der Haube und möchte auch seine Ehefrau nicht betrügen.

Sein Job steht zwar in der Rangliste kilometerweit vor der Ehefrau. Aber braucht man in seiner Position nicht eine „bessere Hälfte" zum Vorzeigen? Seine Frau soll jedenfalls froh sein, dass er genug für sie beide verdient und sie dadurch nicht arbeiten muss. Und eine solche Einstellung macht - da ist sich Herr Dr. Feige hundertprozentig sicher - einen Erfolgsmenschen aus.

Tja - welche Gespielinnen wären die richtigen für die Herren Verkäufer und alle Kunden, die ein kleines Abenteuer wünschen? Bei BOULANGER bleiben fast keine Wünsche offen - so scheint es.

Herr Dr. Feige grinst selbstzufrieden, starrt Löcher in die weiße Styropordecke. Die Entscheidung fällt ihm nicht leicht.

Aber dann beginnt er zu schreiben.

2. Kapitel

Daphne fährt sich lässig durch die blond ge-strähnten, kurzen Locken, die sich anmutig um ihren Kopf schmiegen. Hektisch haut sie an-schließend in die Tasten ihres Computers. Ein Angebot für einen französischen Kunden. Nach zehn Jahren bei der Firma BOULANGER beherrscht sie ihr Arbeitsgebiet aus dem FF. Selbst technisch hat sie einiges auf dem Kasten.

Das Telefon düdelt. Ja, es düdelt. Das nervende Klingeln ist abgeschafft, die Mitarbeiter sollen durch das Schrillen des Telefons nicht allzu erschreckt werden. Also hat man den Klingelton gefälliger gestaltet und in ein sanftes „Düdelidü" verwandelt. Bürogerecht eben.

Daphne presst den beigefarbenen Hörer an ihr Ohr und flötet sanft in die Muschel:

„Pfeifenkönig?"

„Ah – bonjour, Mademoiselle Pfeifenkönig!" Der Fran-zose am anderen Ende der Leitung begrüßt sie über-schwänglich. Und enthusiastisch bestellt er einige Ersatz-teile.

Daphne notiert flott. Ja, sie beherrscht den Frank-reich-Markt - und sie wirkt sexy. Deswegen hegt sie nicht den geringsten Zweifel, dass sie wieder zum Messeteam der MASCHINA 2016 zählen wird.

3. Kapitel

Nachmittägliche Stille senkt sich über den Park-platz der Firma BOULANGER. Ein Blechhau-fen drängt sich neben dem anderen. Drüben im Firmengebäude schwitzen die Kolleginnen und Kolle-gen neben ihren Computern. Aber Daphne hat sich da-

8

vongestohlen, liegt neben Ansgar, einem Monteur, in dessen blauen Golf.

Niemand weiß, dass sie hier ist. Lando-Frank, dem Verkäufer, mit dem sie zusammen den Frankreich-Markt bearbeitet, erzählte sie, sie sei im technischen Büro. Er wird dort sicherlich nicht anrufen, denn das technische Büro zählt viele Mitarbeiter.

Hier bei Ansgar holt sich Daphne die Kraft für den Rest des Tages. Sie lag schon neben mehreren Monteuren in deren spritzigen, schnellen Autos. Heute ist wieder Ansgar dran.

„Es ist eng hier!", flüstert sie und öffnet den Reißverschluss ihrer schwarz-weißen Pepita-Hose.

Ansgar hat die Vordersitze so weit wie möglich nach vorne geschoben, um genug Platz zu haben.

„Warum soll ich dich heute wieder beglücken?", murrt er unwillig. „Du willst mich sowieso nicht."

Daphne schluckt. Oft genug hat sie es abgelehnt, zu Ansgars Geliebten zu werden. Denn ist er nicht bereits in festen Händen?

„Du hast doch eine Freundin", antwortet sie.

„Du weißt genau, dass sie frigide ist!" Hastig zieht er seinen dicken Penis aus der schwarzen Jeanshose. Daphne schaudert unmerklich. Der Penis sieht aus wie eine Weißwurst.

„Er sollte ihn beim Sonnenbaden bräunen lassen", denkt sie. Daphne liebt braune Haut, sie liebt die Karibik und Südamerika und die vielen dunkelhäutigen Männer, die sie dort bereits im Urlaub traf. Deswegen bräunt sie sich unermüdlich auf der Sonnenbank und wird nicht müde, immer neue Männerbekanntschaften zu schließen. Aber noch immer hat sie den Mann fürs Leben nicht gefunden.

Außer Ansgar hatte heute niemand Lust auf einen Orgasmus. Ansgar hat den dicksten Penis von allen Monteuren, findet Daphne. Er wird ihr wehtun. Aber es ist besser, einen Orgasmus mit Ansgar zu haben als gar keinen Orgasmus.

Sanft fahren Ansgars großen Hände unter ihren bauchnabelkurzen grellgrünen Pullover. Er ist ein Klasse-Liebhaber mit einem intensiven Vorspiel. Daphne genießt es, als seine Finger ihre Brustwarzen umkreisen und schnurrt wohlig.

„Streichle ihn!", befiehlt er. Daphne gehorcht. Sie mag keine Befehle – grundsätzlich nicht. Aber sie gehorcht, umfasst seinen Penis mit ihren Fingern, bewegt die Vorhaut nach unten und wieder nach oben und reizt die empfindliche Spitze behutsam kreisend mit ihrem rechten Zeigefinger.

Ansgar schnurrt wohlig wie ein zahmer Löwe und saugt intensiv an ihren Brustwarzen. So lange, bis sie sich anfühlen wie dunkle, harte Beeren.

„Du könntest ewig so weitermachen!" Ein lustvolles Stöhnen entringt sich Daphnes Brust, und beinahe vergisst sie, seine Männlichkeit zu massieren, die sich steif anfühlt wie ein Stock.

Ansgar greift eine der Brüste, die sich in seinen Händen anfühlen wie Wassermelonen. Groß und rund und hart durch die vielen Drüsen. Seine gierigen Zähne fassen die Warze, packen sie, ziehen sie lang wie Gummi, lassen sie los. Dieses Spielchen wiederholt er einige Male, packt schließlich die Warze etwas fester mit seinen Zähnen und beißt leicht zu.

Daphne stockt für einige Sekunden, öffnet die verträumt zusammengekniffenen Augen und sieht Ansgars dicken blonden Haarschopf, der sich auf ihren Brüsten bewegt. Dann genießt sie weiter - sein Beißen rund um die empfindliche Haut der Brustwarzen, der süße Schmerz, der sie erregt.

Seine Hand wandert langsam in ihre Jeans. Daphne verbeißt sich jeglichen aufkeimenden Schmerzenslaut. Auch wenn außer ihr und Ansgar niemand auf dem Parkplatz weilt, will sie nicht auffallen. Es könnte ja doch irgendwann ein Lieferant vorbeikommen, der der Einkaufsabteilung einen Besuch abstatten will.

Daphne löst den Stahlknopf ihrer Jeans und zurrt hastig den Reißverschluss nach unten. Ansgar hilft ihr, wild schnaufend mit stehendem Penis, die Jeans über ihren Po und ihre Oberschenkel zu streifen. Lando-Frank wird hoffentlich noch keinen Verdacht schöpfen - technische Besprechungen können sehr langwierig sein. „Ich habe nicht viel Zeit!", murmelt Ansgar in seinen Oberlippenbart. „Die Maschine für den Kunden PROFIT aus Argentinien muss noch richtig auf die 5-ml-Schraubflasche aus Glas eingerichtet werden. Morgen erscheint der Kunde, um seine Maschine in Augenschein zu nehmen..."

„Ich weiß das, aber ich kann JETZT nicht aufhören!" Daphne verdreht fast verzweifelt die Augen, als seine Finger ihre Klitoris reizen. Au - das kitzelt, aber andererseits ist es wieder so herrlich angenehm. So herrlich angenehm ....

Ansgar merkt, wie erregt sie ist. Sie schnauft wie in der Anfangsphase zu einem Marathonlauf. Das ist das Tolle an Daphne, sie ist so einfach zu bedienen wie eine Maschine. Wenn nur Ingeborg, seine Freundin, genauso wäre!

Er schiebt seine Vorhaut ganz zurück und dringt mit einem Ruck in Daphne ein. Sein Penis kennt den Weg im Schlaf, er hat ihn schon so oft zurückgelegt.

Daphne schließt die Augen, im ersten Moment tut sein Eindringen weh, aber als er in ihr reibt, stellt sich das wohlige Gefühl vor dem sexuellen Höhepunkt wieder ein. Das herrliche Gefühl, für das Daphne alles geben würde, nur, um es wieder und immer wieder zu erleben. Sie seufzt andächtig, während er gleichmäßig in ihr auf- und abschnellt.

Sie sieht sein Gesicht, zuerst vor Anstrengung, dann vor Freude verzerrt. Vor Freude darüber, dass er kommt. Und sie kommt gleichzeitig. Er ergießt sich in sie. Sie schweben davon in einem Feuerwerk der Lüste.

Kurze Zeit später stehlen sie sich wieder wie zwei Spione in die Firma. Aber wozu gibt es denn Hintereingänge? Diese haben sowohl Daphne als auch Ansgar bisher vor unangenehmen Fragen bewahrt. Beide strömen zurück an ihre Arbeitsplätze - der gerade erlebte

Orgasmus gab ihnen Kraft, den Rest des Tages zu überstehen.

4. Kapitel

Klasse Orgasmus!", denkt Daphne, als sie wieder vor ihrem Computer im Büro sitzt und ihn mit Daten füttert. Zum Glück hat sie niemand auf dem Parkplatz mit Ansgar bemerkt! Ihre technische Erklärung hat sie sich zurechtgelegt, als Lando-Frank sie fragt:

„Und - was hast du über die Zahnriemen für den Kunden FROMAGE DU PIED im technischen Büro herausgefunden?"

„Vulkolan ist der bessere Werkstoff für die Zahnriemen an dem Antrieb der Maschine dieses Kunden. Diese Zahnriemen halten auch größeren Belastungen stand - zum Beispiel, wenn die Maschine mit höherer Leistung fahren soll - und reißen nicht so leicht wie die Zahnriemen aus Weichkautschuk!"

Die Antwort kommt wie aus der Pistole geschossen, und Lando-Frank vermutet dahinter eingehende Gespräche als Resultat ausgeklügelter Denkvorgänge zwischen Daphne und einigen Technikern. Er ist zufrieden und fragt weiter:

„Würdest du also der Firma FROMAGE DU PIED Zahnriemen aus Weichkautschuk nicht empfehlen - obwohl diese erheblich billiger sind?"

„Wenn die Firma Geld sparen will, ja dann..." Daphne weiß nicht so recht, was sie sagen soll. Zahnriemen-Expertin ist sie auf jeden Fall nicht.

Lando-Frank nickt, beugt sich über einen Stapel Unterlagen und rechnet angestrengt den Preis für eine Füllmaschine aus. Eine Füllmaschine, die Parfüm genau dosiert in kleine, bauchige Flaschen füllt.

Daphne atmet auf. Wieder einmal konnte sie Lando-Frank erfolgreich belügen! Unmerklich stöhnt sie und

12

presst ihre Oberschenkel zusammen. Den gerade erlebten Orgasmus lässt sie in ihren Gedanken noch einmal Revue passieren. Auf der MASCHINA 2016 muss sie sich auf jeden Fall nicht verstecken. Dort kann man das Vergnügen ungeniert genießen!

5. Kapitel

Jessy ist ebenfalls reif für die Messe. Leise summt sie einen Song von Bryan Adams, während ihre Finger sanft über die Tasten ihres Computers gleiten. Sie tut dies so zärtlich, als streichle sie den Oberkörper eines Mannes - seinen Bauch, seine Rippen, seine Brusthaare und schließlich die Warzen, bis hoch zum Hals und dem hervorstehenden Adamsapfel. Dabei entsteht im Moment unter ihren Händen nur ein Lieferschein, anschließend eine Rechnung für die Lieferung eines Motors nach Thailand.

Thailand. Ja, dorthin möchte sie gerne einmal selbst reisen und nicht nur Motoren auf die Reise schicken.

Von Thailand träumt sie auch, als sie in ihre gemütliche Wohnung stürmt und die Autoschlüssel auf den Telefontisch im Flur pfeffert.

Zuallererst wirft sie sich aufs Sofa und befriedigt sich selbst. Die Affäre mit ihrem Freund Peter liegt nur drei Monate zurück. Sie wundert sich, wie sie diese Beziehung überstanden hat. Peter war ein Schlappschwanz - aber ganz ohne Orgasmus kann Jessy nicht sein, und so verpasst sie sich ihn selbst - mit ihrem Finger.

Anschließend fühlt sie sich besser. Selbstbefriedigung hilft wenigstens so lange, bis der nächste Mann in ihr Leben tritt. Vielleicht ist auf der Messe einer dabei?

6. Kapitel

Zufrieden grinst Herr Dr. Feige in sich hinein, als er die eingetroffenen Faxe und E-Mails unter seinen Mitarbeitern verteilt. Kein Fax, kein Brief und keine E-Mails werden bearbeitet, bevor er sie nicht gesehen und mit einem Haken versehen hat! Darauf achtet Herr Dr. Feige peinlichst genau. Außer, wenn er auf Geschäftsreise ist oder Urlaub hat. Dann dürfen die Faxe, Briefe und E-Mails ohne weiteres verteilt werden. Er legt ein handgeschriebenes Fax nach Japan in Moniques schwarzes Posteingangskörbchen. Einerseits tut ihm das arme Mädchen leid - sie wird wieder nicht das Neueste über die Maschinen mitbekommen! Sie erfüllt eben nicht die Hauptvoraussetzung, die Kunden fachgerecht zu „bespringen" und so Millionenaufträge an Land zu ziehen.

Monique ahnt von dem ganzen Drumherum noch nichts. Noch hofft sie, doch einmal auf die Messe MA-SCHINA mitgenommen zu werden. Neben ihr steht eine dampfende Tasse des Kaffees „Fahle Wonne" auf dem Schreibtisch, während sie ein Ersatzteilangebot für China ausarbeitet. Der Kunde droht, ein Akkreditiv auf die Lieferung zu eröffnen. Monique schauert. Sie mag keine Akkreditive, für kleinere Aufträge, wie Ersatzteile, schon gar nicht. Warum will der Kunde den fälligen Betrag nicht einfach überweisen? So wie andere Kunden es auch tun?

Typisch chinesische Bürokratie! Monique muss einen Haufen Papiere mit und ohne Stempel erstellen und diese dann an eine Bank schicken. Erst dann bekommt BOULANGER das Geld für die Ersatzteile. Das sind die Tücken eines Akkreditivs.

Gedankenverloren nippt Monique an ihrem Kaffee. Das Gebräu aus dem Automaten schmeckt fürchterlich! Aber ein besseres Mittel gegen die sie plagenden Kopfschmerzen fällt ihr momentan nicht ein.

Sie nimmt Herrn Dr. Feiges handgeschriebenes Fax in die Hand. „Was sagt die Handschrift über den Charakter eines Menschen aus, wenn sie so viele Schlingen aufweist?", sinniert sie, ist allerdings in Graphologie nicht bewandert und verbannt diese Überlegung aus ihrem Gehirn.

Herr Dr. Feige gab in diesem Fax viel Wissen preis - fachsimpelte über Isolatortechnik und andere unverständliche Dinge und wandte wohl dafür viel Zeit auf. Eine halbe Stunde vielleicht, unterbrochen von zahlreichen Telefongesprächen. Die neueste Isolatortechnik, integriert in eine von BOULANGERS Maschinen, wird auf der MASCHINA 2016 zu bestaunen sein.

Monique beendet ihr Ersatzteilangebot und tippt das Fax für Japan. Herr Dr. Feige verfügt selbst über einen Computer, aber dieser langweilt sich nur vor sich hin. Mit moderner Technik will Herr Dr. Feige nicht sehr viel zu tun haben - und so schreibt er lieber von Hand.

Jäh wird Monique von Daphnes hellem Kichern aus ihren Gedanken gerissen. Daphne schwenkt eine interne Aktennotiz hin und her - eine Mitteilung, die sie gerade für Herrn Dr. Feige geschrieben hat.

„Ich bin dabei!", jubelt sie. „Und Jessy! Und Noelle! Und - und natürlich alle Herren Verkäufer!"

Monique weiß, wovon Daphne spricht. Von der Zusammenstellung des Messeteams für die MASCHINA 2016. Aber vergeblich wartet sie darauf, dass auch ihr Name genannt wird.

7. Kapitel

Du musst dich auf dieser Messe ganz locker geben!", klärt Daphne Noelle auf, als sie in einer Ecke des ganz in Weiß eingerichteten Großraumbüros in der Frühstückspause an ihren Müsliriegeln kauen. Ja, kann eine sportliche Frau dazu „nein!" sagen? Daphne und Noelle können es nicht.

Doch als Daphne noch lächelnd hinzufügt: „Und bitte die mit Spitzen besetzte Reizwäsche und die Pille nicht vergessen!", glaubt Noelle ungelogen an einen Scherz. Will sie die Kollegin durch den Kakao ziehen? Oder was soll diese Bemerkung?

Abends jedoch, als Noelle fein säuberlich Miniröcke, Hosenanzüge und weiße Blusen in ihren Koffer legt, vergisst sie auch die Reizwäsche nicht. Man weiß ja nie, wofür diese gut ist!

Ein schlechtes Gewissen plagt sie jedoch, als sie neben Bernd, ihrem Lebensgefährten, im Doppelbett der gemeinsamen Drei-Zimmer-Wohnung liegt. Ist die MASCHINA 2016 eine frivole Messe, eine Art Lustpool für Maschineninteressenten weltweit?

Sie schaut irritiert, als Bernd ihre Schamhaare neckt. „Du wirst heute nicht so nass wie sonst!", bemängelt er.

„Denkst du immer noch an deinen Job?"

„Nein!", lügt sie, und er merkt es. Er sagt aber nichts, will sich den heutigen Liebesakt nicht verderben lassen.

Sanft knuddelt seine Zunge ihre Brustwarzen, und sie merkt, wie wohltuende Nässe ihre Oberschenkel hinunter rinnt. Der heutige Liebesabend ist gerettet!

Sie atmet auf und genießt es, als seine Zunge sanft mit ihrer Klitoris spielt. Sie hin und her bewegt mit seiner Zunge wie einen Kaugummi. Und sie schließlich mit den Zähnen fasst. So sanft fasst, dass Jessy erregt ist und keine Schmerzen hat.

Der Mond vergießt warm sein Licht auf das Doppelbett, während Bernd zärtlich ihre Schamlippen mit den Fingern teilt und seine Männlichkeit in sie hineinstößt. Sie spürt ihn in sich - stark, nackt und fordernd. Auf- und abschnellend. Solange, bis sie beide kommen.

Erleichtert atmet sie auf. Heute ist ihre letzte Nacht vor der Messe, und sie weiß noch nicht, was sie dort erwartet. Wie viele Orgasmen wird sie erleben und mit wem? Wird eine dieser Liebesnächte einen Auftrag für die Firma BOULANGER einbringen? Sie hofft es, denn sonst wären Reizwäsche und Pille nutzlos.

Warum nur kann sie Bernd nichts von ihren Messepflichten erzählen? Weil sie sich auf einmal fürchterlich vor ihrem Freund schämt.

16

Kinderleicht war es, die Frau in das Bett seines Hotelzimmers zu bekommen. Er staunt immer wieder, wie leicht sich doch manche Frauen von Männern ködern lassen.

Adam und er hatten Alison gestern Abend in einer Bar getroffen und ihr einige Drinks spendiert. Nett ist sie ja schon, das muss er zugeben. Aber er ist nicht auf der Suche nach einer Frau fürs Leben. Er will sich mit Frauen vergnügen – auf seine ganz eigene Art und Weise. Es ist einfach, Frauen in einer Bar zu bequatschen. Auch Alison. Zwischen Adam, ihr und ihm hatte sich fast etwas wie eine Freundschaft entwickelt. Alison ließ sich sogar darauf ein, ihn und Adam in derselben Bar zu treffen und anschließend in das Hotel zu begleiten.

Es war so einfach, ihr die K.O.-Tropfen in den Drink zu träufeln. Sie trank gierig, denn sie war durstig.

Nun liegt sie hier im Bett im Hotelzimmer. Auf einem weißen Tuch. Nackt ist sie. Jung und gesund, schlank und schön. Sie ist bewusstlos.

Er hat ihr zur Vorsicht noch intravenös ein Schlafmittel in den rechten Arm gespritzt. Vorsicht ist immer gut. Lieber ein Schlafmittel zu viel als eines zu wenig.

Spritzen kann er gut, auch intravenös Injektionen verabreichen. Immerhin hat er vor Jahren eine Ausbildung zum Sanitäter gemacht. Anschließend hat er eine Ausbildung zum Zahntechniker absolviert, bis er bei der Firma CUP & CLOSE die Chance bekam, als Einkäufer für Pharmaziemaschinen und Ersatzteile zu arbeiten. Diese Position bot und bietet ihm immer noch ungeahnte Möglichkeiten. Er kommt in der Welt herum und kann seinen sexuellen Gelüsten bisher unerkannt nachgehen.

Seine Kenntnisse, die er aus seinen Ausbildungen erworben hat, helfen ihm, sein „Hobby", wie er es nennt, sachkundig auszuüben. Seine sexuellen Praktiken hat er sich selbst beigebracht.

Aber diese können im Moment noch warten.

9. Kapitel

Wo steckt „frau" ihr Handy hin? – Aus Daphnes Erinnerungen:

Daphne ist wichtig, sehr wichtig. Sie ist die wichtigste Mitarbeiterin in der Verkaufsabteilung von BOULANGER – sie ist also die wichtigste Sachbearbeiterin einer gutgehenden Maschinenfabrik in Pappelgrubenhausen.

Vor einigen Jahren strahlte sie wie ein Kronleuchter. Endlich hatte sie – als wichtigste Frau in der Verkaufsabteilung – ein Handy. Ein Gerät, durch das sie selbst an den unmöglichsten Orten in der Firma zu erreichen war. Ein Gerät, schwarz und schlank, mit vielen Tasten und einer eigenen Handy-Nummer.

Aber wo sollte sie das Gerät befestigen, immer griffbereit bei sich tragen? Sollte sie es in ihre leuchtend blonden Haare klemmen? Nein, entschied sie, das würde zu sehr ziepen. Und außerdem säße das Handy zu locker und könnte bei der kleinsten Bewegung herunterfallen und wäre dann kaputt. Vielleicht müsste sie es dann ersetzen, und daran war im Moment nicht zu denken, sparte sie doch schon seit langem auf ein gediegenes Kaffeeservice in lebhaftem Türkis zur Auffrischung ihres künftigen Wohnzimmers.

Oder sollte sie das Handy hinter eines ihrer Ohren stecken? Auf einmal wünschte sie sich Segelohren wie ein europäischer Thronfolger. Oder lange Ohren wie manche Hunderassen.

Aber auch hinter den Ohren ihres Schäferhundes Hatto, der wild im elterlichen Garten herumtollte, hätte sich ein Handy nicht gut gemacht. Außerdem besaß das Handy keine Klemme wie der Piepser, ein kleines schwarzes Kästchen. Der Piepser, den sie sowieso nicht gerne mitnahm. Ein Handy war allerdings etwas anderes – der neueste Schrei. Und wenn sie schon eines hatte, wollte sie es auch ständig bei sich tragen, zumindest für die Dauer ihrer Arbeit.

18

Fieberhaft überlegte sie, wo sonst das Handy einen ständigen Platz an ihrem Körper finden könnte. Männer hatten in dieser Hinsicht kaum Probleme, denn als ständige Jackenträger konnten sie ihr Handy bequem in einer Tasche verschwinden lassen.

Aber was machte „frau"? Sollte sie eine hässliche Kittelschürze mit buntem Kitschmuster überstreifen, wie sie ältere Leute trugen? Da war doch ein handygerechtes Hemd, so, wie es ihre Kollegin Jessy Hartheimer trug, mit einer großen Brusttasche, viel moderner!

Daphne seufzte, betrachtete ihr stromlinienförmiges Handy, das leicht und locker in der Hand lag wie eine Mini-Banane. Nein, es war nicht leicht, als Frau ein Handy sicher und unauffällig zu verstauen!

Die Hosentasche ihrer modischen Röhrenjeans schied als Unterbringungsmöglichkeit aus. Daphne konnte ihre Hand in diese Tasche nur mit Mühe hineinwürgen und musste aufpassen, nicht ihre zierlichen Finger zu brechen, wenn sie etwas aus ihrer Hosentasche holen wollte. Deshalb war außer einem ungebrauchten Papiertaschentuch nichts darin.

Und hatte nicht Herr Bull, der Betriebsleiter, gesagt, die empfindlichen Tasten eines Handys würden leiden, wenn sie in der Hosentasche festklemmten, ohne richtig atmen zu können? Ja, Herr Bull musste doch Bescheid wissen, er war Techniker. Er trug bei der Arbeit ständig einen fahlblauen Kittel wie ein Sprudelverkäufer in einem Supermarkt, und er liebte es, sein Handy, das sicher in einer Tasche steckte, immer wieder anzuschreien.

Eine Leine bräuchte Daphne für ihr Handy – eine Leine so lang wie eine Halskette. Oder ein Lederband, wie ihre Kollegin Noelle es um den Hals trug. Als Anhänger hatte sie einen modisch goldenen Anhänger, ein Schiff oder etwas Ähnliches gewählt. Aber, um das Handy um den Hals zu hängen, bräuchte das Handy eine Öse, und das besaß es nicht. Warum sollte man als Frau ein Handy nicht um den Hals tragen, so wie andere Damen einen Kettenanhänger oder Allergiker einen Pollenschutz, der aussah wie ein Mini-Radio?

Ach, diese Handy-Gesellschaft krankte wirklich an Ideen für Frauen! War das Handy eigentlich ursprünglich für Männer mit Anzugjacken erfunden worden? Daphne dachte noch daran, ihr Handy in einer Gürteltasche zu verstauen. Aber dann würde es zu locker und ungeschützt darin liegen – und was sollte sie tun, wenn einmal der Reißverschluss der Gürteltasche klemmte, und das Ding klingelte wie verrückt?

Schließlich dachte sie an die rassigen Männer aus Wild-West-Filmen, die wie selbstverständlich ihre Pistolen seitlich in einer ledernen Tasche, die an einem Gürtel befestigt war, trugen. Vielleicht wäre auch diese Art von Gürteltasche etwas für handytragende Frauen, um beim Blusenkauf nicht so sehr an Blusen mit großen Brusttaschen gebunden zu sein.

Herr Bull versprach, Abhilfe zu schaffen. Vielleicht könnte ein Monteur, der demnächst die USA bereiste, Ausschau nach einem Pistolenhalter aus Leder halten? Oder vielleicht war es besser, solch eine Tasche selbst nähen oder sich nähen zu lassen?

Daphne schwirrte der Kopf – und irgendwie fielen ihr keine anderen Lösungen, wie sie ihr Handy in der Firma praktisch an ihrem Körper unterbringen konnte, mehr ein. Zumindest wollte sie ihr Handy jetzt zur Ruhe betten – denn schließlich nahte in fünf Minuten ihr wohlverdienter Feierabend. Sie steckte ihr Handy in den schwarzen, formschönen Halter aus schwarzem Plastik auf ihrem Schreibtisch. Dort würde es auf sie warten – sicher und aufgeräumt bis zum nächsten Morgen. Dann, wenn sie wieder ihren Arbeitstag beginnen würde.

10. Kapitel

Liebevoll und ehrfürchtig umfasst Adam die prallen, kleinen, aber runden Brüste der jungen Frau. Er bemerkt, wie sich seine Männlichkeit versteift.

20

Aber Adam will nicht gierig sein, er will seine Lust noch etwas zügeln, er will sich Appetit machen, auf das, was er sich vorgenommen hat.

Sanft beugt er sich über die Frau, liebkost sanft ihre Brustwarzen. Selbst in der Bewusstlosigkeit reagieren die Warzen auf diese Berührung, sie werden fester.

Adam blickt auf die Frau, er sieht ihr schönes Gesicht. Die Augen, die mit einem schwarzen Schal verbunden sind.

„Sie soll nichts sehen!", sagte sein Freund. Wieder eine Vorsichtsmaßnahme. Man kann nicht vorsichtig genug sein, das weiß auch Adam.

Seine Hände berühren wieder die Brüste der Frau, wandern hinunter in den Schambereich, öffnen ihn sanft wie eine Blüte, suchen die Klitoris. Wie eine Frucht fühlt sie sich an. Eine Frucht, die man andächtig schält, um ihre wahre Schönheit, ihr wahres Inneres, erst einmal zu begreifen.

Schade, dass Adam diese Frau nicht näher kennen lernen wird, nicht kennen lernen kann. Das ist nicht möglich. Es ist zu gefährlich. Sie könnte Adam und seinen Freund verraten.

Wäre sie wach, würde sie nicht akzeptieren, was Adam und sein Freund mit ihr machen werden. Sie würde sich vehement wehren.

Sanft schiebt sich Adams Finger in die Scheide der Frau, spürt köstliche Nässe und genießt das. Er reibt seinen Finger auf und ab, um sich anzutörnen.

Danach stößt er seine harte Männlichkeit in sie, schnellt in ihr auf und ab.

Laut stöhnt er auf vor Lust – und kommt.

11. Kapitel

Genüsslich räkelt sich Daphne auf dem graugepolsterten Beifahrersitz des grün-metallic-farbenen Mercedes, als dieser über die Autobahn flitzt.

Sie hat gerade an ihr Handy gedacht. Nun – eigentlich ist es kein Handy im herkömmlichen Sinne, sondern nur ein Mobiltelefon, durch das sie in einem bestimmten Bereich in der Firma zu erreichen ist – und nicht mehr dann, wenn sie die Firma verlassen hat.

Im Moment steckt das Handy sicher in einem Halter auf ihrem Firmenschreibtisch. Während ihrer Zeit auf der Messe wird es sie also nicht stören.

Ein Handy-Halter für ihre Kleidung fehlt ihr immer noch.

Ihre Augen gleiten zu dem Mann, der neben ihr am Steuer sitzt. Der Mann, der ihr einen Handy-Halter versprach. Bisher ist es jedoch nur beim Versprechen geblieben.

Am Steuer neben ihr sitzt also der Betriebsleiter Herr Bull, der munter Szenen aus einer Montage in Brasilien zum Besten gibt.

„Damals waren wir zu zweit auf Montage. Und - was für eine Hitze herrschte in dem Firmengebäude, in dem wir eine Maschinenlinie aufstellten!" Er schnauft wie eine altersschwache Dampflok, setzt den linken Blinker und überholt den roten Golf vor ihnen. „Winnie und ich arbeiteten wie die Verrückten, aber die Maschinen funktionierten nicht! Sie montierten die Einmalspritzen nicht so, wie sie sollten - und dauernd zerbrachen einige Spritzen!"

Daphne sagt nichts. Sie kennt diese Geschichte schon. Herr Bull hat sie sicher schon dreiundsechzig Male erzählt. Auch Noelle auf dem Rücksitz schweigt. Noelle, deren frivoles Lachen sonst durch das Großraumbüro schallt. Ein Lachen wie das eines billigen Flittchens. Aber ein solches Lachen ist genau richtig für diese Messe in Utrecht.

Jedoch scheint Noelle Herrn Bulls Geschichte noch nicht zu kennen, denn so lange arbeitet sie noch nicht bei BOULANGER. Herr Bull gibt diese Geschichte immer auf Messen, Betriebsfesten und in Bierkneipen zum Besten.

Daphne freut sich, dass er heute seine Finger von ihr lässt. Bei Betriebsfesten, nach ein paar Bierchen, kann er sich für gewöhnlich nicht beherrschen und greift allen noch verfügbaren Damen an alle möglichen und unmöglichen Körperstellen.

Jetzt hängt Herrn Bulls Bierbauch frech aus dem Sicherheitsgurt, während er das Steuer sicher wie ein Kapitän das Ruder mit einer Hand hält und über die Autobahn braust.

„Schöne Mädels gab es in Brasilien!", sinniert er. „Aber keine ist so schön wie du!" Ruckartig schießt sein dicker Kopf in Daphnes Richtung, und seine grünen Augen blitzen.

Daphne wird unwillkürlich rot. Und sie ärgert sich darüber.

Und Herr Bull ärgert sich darüber, dass er bei der hohen Geschwindigkeit auf der Autobahn nicht in Daphnes einladenden Blusenausschnitt fassen kann. Dicke rosige Haut kündet reife, volle Brüste an, die leider in der weißen Spitzenbluse verschwinden.

Daphne spürt seine lüsternen Gedanken und atmet innerlich auf. Sie ist zwar eine Sexbombe, aber auf Herrn Bulls Schweißhände hat sie wirklich keine Lust. Nachher im Hotel wird sie schnell auf ihr Zimmer verschwinden und die Türe zuriegeln.

„Hatten Sie in Brasilien nicht Sehnsucht nach Ihrer Frau?", fragt Noelle.

„Meine Frau?" Herr Bull zuckt sichtlich zusammen. Diese Frage hatte er nicht erwartet.

„Ja - Ihre Frau!", beharrt Noelle - bereut dies aber sofort. Hat sie etwas Falsches gesagt?

„Sie weilte damals im Urlaub bei ihrer Schwester", antwortet er ausweichend.

„Was - alleine bei ihrer Schwester?"

„Sei doch nicht so aufdringlich!", schaltet sich Daphne ein und schickt einen rügenden Blick auf den Hintersitz. Noelle bekommt unwillkürlich ein schlechtes Gewissen und starrt auf Daphnes blonde Haarpracht, in der sich einige Sonnenstrahlen brechen.

Herr Bull ist froh, dass das Thema über seine Frau vom Tisch ist. Seine Frau weiß, dass er oft auf Montagen weilt. Und ein Mann ganz allein in einem fremden Land will sich schließlich auch nicht wie ein Mönch aufführen und ganz enthaltsam leben!

Jetzt sieht er die Abfahrt „Utrecht-Brijkhusen" in den Niederlanden - dort, wo das Hotel ist.

12. Kapitel

Das Hotel „Brijkhusen - ahoi!" ist ein schmucker Fachwerkbau, der erst vor kurzem gründlich renoviert wurde und einen brandneuen Anstrich in Pastellgrün erhielt.

In Dreiergruppen fahren die Mitarbeiter des BOU-LANGER-Messeteams zum Hotel. Drei Leute pro Fahrzeug sind ideal - so bringt jeder sein Gepäck unter.

Noelle ist beeindruckt. BOULANGER steckt schon seit Jahren seine Mitarbeiter in diese mittelmäßige Absteige, während er selbst mit seiner Frau im HYATT-First-Class-Hotel im Zentrum von Utrecht logiert.

Herr Bull wuchtet alle Koffer aus dem geräumigen Mercedes, und die Damen schleppen ihre die Steintreppen hoch. Der Chef des Hotels, ein gebürtiger Italiener, begrüßt sie:

„Na - willkommen! Wie schnell doch die Zeit vergeht! Und wieder sind hier die gern gesehenen Gäste der Firma BOULANGER aus Pappelgrubenhausen in Duitsland (Deutschland)! Wie geht es Ihnen denn?"

„Viel Arbeit!", murmelt Daphne in ihren nicht vorhandenen Damenbart und zischt an dem geschwätzigen Wirt vorbei. Sie sehnt sich nach einer zünftigen Dusche und einigen Stunden Schlaf.

„Sind die anderen schon da?", plaudert Noelle munter drauflos.

„Nein - Sie sind die ersten!", gackert der Wirt beglückt und fährt sich über seinen schwarzen Krauskopf.

„Dass wir hier in einer Pizzeria untergebracht sind, wusste ich gar nicht!", bemerkt Noelle enttäuscht.

Der Wirt reagiert beinahe beleidigt:
„Sie haben unsere Pizza noch nicht gekostet, junge Dame! Wir backen die beste Pizza von ganz Brijkhusen!"
„Da gehört auch nicht viel dazu!", mault Noelle und schlängelt sich mit ihrem Koffer an dem Italiener vorbei. „Haben Sie sonst noch etwas zu bieten?"
„Warten Sie doch ab! Kaum sind Sie angekommen - maulen Sie schon!" Der Wirt schüttelt den Kopf.
„Machen Sie sich nichts daraus!" Herr Bull schleppt seinen Hartschalenkoffer die Treppen hoch, stellt ihn ab und schüttelt dem Wirt die Hand. „Die Damen sind müde von der langen Autofahrt. Ich glaube, ich muss sie ein bisschen aufheitern!"
Der Wirt runzelt die Stirne. „Ich kenne Ihre Aufheiterungsmethoden zwar nicht - aber machen Sie den Damen gehörig Appetit auf meine Pizza!"
„Darauf können Sie wetten!" Herr Bull lacht. „Sie können sicher sein - die Damen sind danach nicht mehr zu bremsen ..."
Und der Wirt glaubt ihm.

13. Kapitel

Prickelnd liebkost das Wasser aus der Dusche Daphnes Haut. Sanft ist das, fast schon erregend. Daphne genießt dieses Gefühl. Wasser, das sanft ihre gebräunte Haut herunter perlt.

Sie seift ihre Haut ausgiebig mit duftender Cremeseife ein, lässt das Wasser noch einmal jede Pore liebkosen und trocknet sich dann mit dem flauschigen Handtuch ab, das zur Zimmerausstattung gehört.

Aufatmend setzt sie sich auf das peinlich saubere Bett, das mit dunkelblauer Bettwäsche aus Baumwolle bezogen ist. Ein leichter Windhauch spielt mit der Gardine, die leger über der halb geöffneten Terrassentür hängt. Juni ist es - und für deutsche Verhältnisse bereits ungewöhnlich warm. Daphne rechnet damit, dass sie schon am ersten Messetag eines ihrer bauchnabelkurzen Tops mit einer schicken knielangen Hose präsentieren wird.

Tief in Gedanken versunken sitzt sie auf dem Bett, so, wie Gott sie geschaffen hat. Und sie merkt nicht, wie eine beinahe unsichtbare Hand in Windeseile die Gardine zur Seite zieht und Herr Bull auf dem roten Teppich in ihrem Hotelzimmer steht.

Sie schreit auf, schnappt das Handtuch und bedeckt ihre Blöße.

„Herr Bull - wie kommen Sie hierher? Raus hier!"

Sie springt auf ihr Bett.

„He - warum so prüde, Täubchen!", gurrt er einladend und springt ihr hinterher.

Kreischend hechtet sie durch das Zimmer, versucht im Laufen, das grün-rot-karierte Handtuch um ihre Hüfte zu knoten. Ihr blondes Haar klatscht in den Nacken. Sie keucht.

Herr Bull rennt ihr hinterher, und Daphne fragt sich, ob wohl jemand den Lärm hört. Schließlich humpelt sie nur noch entkräftet durch den Raum, das Badehandtuch schleift auf dem roten Teppich, bis es schließlich herunterfällt.

„Lassen Sie mich in Ruhe!", keucht sie, als Herr Bull sie auf ihr Bett zerrt.

„Du wirst mir doch auch mal eine Chance geben!" Sie spürt seinen Atem in ihrem Gesicht und dreht sich weg. Wie kam sie nur auf die Schnapsidee, leichtsinnig die Balkontüre offen zu lassen?

„Wenn Sie nicht sofort gehen, schreie ich!", droht sie.

Er versiegelt ihre Lippen mit einem feuchten Kuss. Sie erschauert.

„Meinst du nicht, dass auch ich weiß, was du draußen auf dem Parkplatz während der Arbeitszeit in fremden Autos treibst?" Seine Stimme klingt gefährlich. „Und heute bin ich einmal dran!"

„Nein!" Daphnes Atem geht stoßweise, als seine kräftigen Hände ihre Brüste massieren. „Bitte hören Sie auf!

Außerdem warte ich noch auf einen Handy-Halter! Sie haben mir einen versprochen!"

Er hört sie absichtlich nicht, knetet ihre Brüste wie frischen Hefeteig und beißt in ihre rechte Brustwarze.

Daphne stöhnt. Wenn es nur schon vorbei wäre! Was hat sie sich nur eingebrockt! Hörbar zieht sie die Luft ein, als sich sein dicker Zeigefinger fordernd den Weg durch ihre Schamhaare bahnt und in sie eindringt.

„Sie tun mir weh!", keucht sie, als er wieder in die rechte Brustwarze beißt.

„Bist du nicht die größte Sexbombe in der ganzen Firma?", spottet er. „Ich wusste gar nicht, dass du so zimperlich bist!"

Daphne schluckt. Nein, zimperlich möchte sie nicht sein. Und widerwillig merkt sie immer mehr, dass ihr das gefällt, was er tut. Nämlich dann, wenn sie sich entspannt und ihn gewähren lässt. Denn welche Chancen hat sie auf eine Flucht? So genießt sie auf einmal seine kreisende Zunge an beiden Brustwarzen, die feuchten Küsse und die gierigen Hände, die sanft, aber fordernd von der Brust und den Bauch entlang bis in ihre Schamgegend wandern.

Er öffnet leise den Reißverschluss seiner schwarzen Gabardinehose und zieht seine Männlichkeit hervor, die sich hinter der Vorhaut versteckt.

„Nass bist du ja!", stellt er fest, als sein Zeigefinger in ihrer Scheide herumrührt.

Daphne schaudert, als sie den dicken, von runzliger Vorhaut umgebenen, Penis sieht. Der sieht ja dicker aus als Ansgars!

„Ihr Ding passt nicht in mich!", verkündet sie forsch und meint, damit endlich eine Begründung zur Flucht gefunden zu haben. Rasch richtet sie sich auf.

„Nein - ich bin noch nicht fertig! Du wirst schon noch sehen, welche Wurstzipfel während dieser Messewoche in dich eindringen wollen!" Herr Bull lacht. „Dagegen ist mein Penis noch harmlos! Komm', stelle dich nicht so an - ich bin bisher überall dort hinein gekommen, wohin ich kommen wollte!"

Daphne schließt die Augen und versucht krampfhaft, an ihre Blinddarmoperation von vor zwei Jahren zu denken. Damals wünschte sie sich vor der Narkose auch sehnlichst, dass der Eingriff bald vorbei sei. So ist es auch jetzt. Sie fühlt sich wie vor einer großen Operation. Nur, dass sie nicht auf einer Operationsliege im weißen Operationskittel liegt, sondern vor Herrn Bull, der offensichtlich sexuell sehr erregt ist.

Er schält die Vorhaut von seinem Penis wie die Schale einer Banane. Dann reibt er daran, schüttelt ihn wie den morschen Ast eines Apfelbaumes und versucht, in Daphne einzudringen. Doch es klappt nicht. Der Penis ist zu schlaff.

Plötzlich klopft jemand an der Türe. Daphne atmet erleichtert auf. Noelles Stimme klingt laut und vernehmlich vor der Türe:

„Daphne, wir gehen in einer halben Stunde zum Pizzaessen! Kommst du mit?"

„Kein Wort darüber, dass ich hier bin! Kein Wort, verstehst du?", raunt Herr Bull in ihr Ohr und bearbeitet seine Vorhaut - zieht sie herauf und herunter wie den Vorhang zum Abschluss eines Theaterstücks. Noch immer hängt er über Daphne, die sich dadurch kaum rühren kann.

„Ja, ich komme gerne mit!", schreit Daphne beinahe zu fröhlich in die Richtung ihrer Zimmertüre. „Aber ich steige gerade aus der Dusche und muss mich noch umziehen!"

„Dazu hast du noch Zeit!", meint Noelle. „Also - wir treffen uns dann in einer halben Stunde in der Hotelhalle. Abgemacht?"

„Abgemacht!", schreit Daphne zurück und ist tieftraurig, als Noelles Schritte vor ihrer Zimmertüre verhallen. Zurück bleibt nur Herr Bull, der komplett angezogen über ihr hängt, dessen Penis jetzt steif ist wie ein Stock und der zufrieden lächelt.

„Wusste ich doch, dass ich überallhin komme!", triumphiert er und rammt kraftvoll seinen Penis in sie.

Sie schreit.

„Ruhig!", flüstert Herr Bull und verschließt ihren Mund mit einem intensiven Zungenkuss.

Sie fühlt seinen Penis wie einen Besenstiel in ihr auf- und abschnellen. Sie taumelt von Schreckens- zu Freudenzuständen, dann wieder in Schreckenszustände.

Sie merkt, wie sie kommt, und sie hätte nie gedacht, dass ein einzelner Mann während eines Orgasmus so viel Sperma verschießen kann. Er scheint sich überallhin in sie zu ergießen, selbst bis in die kleinsten Poren.

„Okay, es war doch nicht so schlimm!", stellt er fest, als er seinen Penis aus ihr herauszieht, kurz mit einem Papiertaschentuch säubert und dann wieder in seiner Hose versteckt.

„Tschüss, Daphne, wir sehen uns noch!"

Er winkt ihr lächelnd zu, bevor er durch die Balkontür verschwindet.

Zurück bleibt eine total verdatterte und etwas verstörte Daphne. Sie wusste, dass sie eine Sexbombe ist, aber dass deswegen Herr Bull einfach so hereinschneit und sich an ihr befriedigt, als sei sie ein Selbstbedienungsladen, ist wirklich zu viel.

Andererseits steckt sie in der Zwickmühle. Auf anderen MASCHINA-Messen in Utrecht vögelte sie bereits zahlreiche Leute, aber dies waren Menschen, die sie nie wieder sah. Herr Bull jedoch ist ein Arbeitskollege, der sich unverschämt nimmt, was er braucht. Sie fühlt sich als Opfer, kann ihn aber nicht anklagen, da er weiß, was sie mit einigen Monteuren treibt.

„Die bittere Pille der Freizügigkeit!". Dieser Ausdruck schießt durch ihre Gedanken, als sie in die Dusche steigt und vorsichtig Herrn Bulls weiße Spermareste, die noch an ihren Oberschenkeln und der Schamgegend kleben, mit klarem Wasser abwäscht.

Dann schließt sie vorsichtig die Balkontür und gönnt sich heute eine unauffällige Jeanshose und eine weiß-blau-gemusterte Baumwollbluse, die sie bis obenhin zuknöpft. Absichtlich bis oben hin zuknöpft.

14. Kapitel

Sanft küsst Adam die bewusstlose, aber regelmäßig atmende, Alison auf den Mund und auf die Brüste. Er ist glücklich und zufrieden, zieht sich an und ruft seinen Freund an.

Jetzt ist der Freund dran. Er will seine Ruhe haben. Außerdem will Adam nicht sehen, was sein Freund mit der Frau machen wird. Sein Freund hat es ihm erzählt – und das reicht Adam. .

Als der Freund ins Hotelzimmer tritt, kann Adam gehen. Er wird in der Hotelbar warten, bis sie zu zweit die Frau wegbringen.

Der Freund atmet tief durch, denn auf diesen Moment hat er schon gewartet.

Nun kommt sein Teil des angenehmen Abends. Der Teil, nach dem er sich schon seit Wochen sehnt.

Er tastet nach seinem Penis. Dieser steckt steif und erwartungsvoll in seiner Hose. Aber noch ist es nicht soweit.

Der Mann berührt die Brustwarzen der Frau. Im Moment eher gleichgültig, denn andere Körperteile erregen ihn mehr. Die Pobacken beispielsweise.

Er dreht die Frau auf den Bauch, ihre Arme sind seitlich angelegt. Die Beine sind gespreizt.

Mit desinfizierenden Tüchern reinigt der Mann den Hintern der Frau.

Ein Kondom, das über einen Anal-Vibrators gezogen ist, wird mit Gleitgel eingerieben. Ruckartig schiebt der Mann diesen in den After der Frau. Schwer geht das, er muss schon ziemlich Kraft aufwenden.

Er schafft es, den Vibrator bis zur Hälfte im Darm zu versenken. Dann schaltet er den Vibrator ein und bewegt das surrende Ding kraftvoll im Darm der Frau hin und her. Das Ding versucht, sich seine eigene Höhle, seinen eigenen Tunnel zu bohren.

Fünf bis zehn Minuten arbeitet der Vibrator im Darm der Frau, verteilt das Gleitgel und versucht, den Schließmuskel auszutricksen und die Wände des Darms geschmeidig zu machen.

Das surrende Geräusch und die Bewegungen, die der Analvibrator macht, um das Gleitgel im Enddarm zu verteilen, empfindet der Mann als sehr angenehm und anregend. Anschließend nimmt er den Vibrator aus dem After der Frau und schaltet ihn aus.

Fäkalienreste und etwas Blut befinden sich auf dem Kondom. Das Kondom wird schnell in einem Abfallbeutel entsorgt. Der Mann streift ein neues Kondom über seinen Penis und versucht, in den After der Frau einzudringen.

Auf der Frau kniend, spielen die behandschuhten Finger des Mannes mit deren Afteröffnung. Er umkreist die Öffnung mit einem Finger, zieht an der straffen Haut, prüft die Festigkeit und steckt mal einen, mal zwei Finger hinein. Mehr geht nicht.

Schließlich will der Mann seinen erigierten Penis einschieben.

Keuchend vollzieht sich das, jeder Zentimeter, den der Penis in den Enddarm zurücklegt, ist ein Triumph. Denn der Schließmuskel arbeitet kontraproduktiv. Er will den After der Frau verschließen. Der Mann hilft mit den Fingern nach, versucht, die Haut des Enddarms so zu dehnen, dass sowohl mehrere Finger, als auch ein Penis ungehindert hineinkommen können.

Jedoch schafft er es, nur ein paar Zentimeter in den Darm der Frau einzudringen. Das reicht dem Mann nicht.

Er hat noch einen größeren Analvibrator und setzt diesen ein. Das Gerät ist mit einem Kondom versehen und mit Gleitgel eingerieben. Schmatzend und surrend bahnt es sich seinen Weg in den Darm der Frau,

Der Mann bewegt das Gerät abwechselnd kraftvoll nach oben und nach unten, und er dreht es im Enddarm umher. Dabei stört es ihn nicht, dass es einige Hautstellen dort gibt, die angefangen haben zu bluten. So viel brachiale Gewalt auf einmal hält kein Hinterteil aus!

Aber das stört den Mann nicht. Erneut versucht er, seinen Penis mit Kondom in voller Länge in den After der Frau zu stecken.

15. Kapitel

Züchtig und zugeknöpft sitzt Daphne neben ihren Kolleginnen und Kollegen in der Pizzeria des Hotels „Brijkhusen - ahoi!".
Hätte sie vorher gewusst, dass man sich nach langem Hin und her doch für diese Pizzeria entscheiden würde, hätte sie sich nach der frivolen Jagd durchs Zimmer mit Herrn Bull nicht so zu beeilen brauchen. Aber nun sitzt sie hier neben Noelle und Lando-Frank, sieht auf ihre Gegenüber Jessy und Helge, den flotten Schwaben. An einem Ende des Tisches hat sich Thordes, der eher schüchterne Blonde, dessen Eltern aus Kanada stammen, niedergelassen. Am anderen Ende thront Klaas, der lustige Verkäufer, der selbst in den verklemmtesten Situationen einen lockeren Spruch und ein entwaffnendes Lachen auf Lager hat. Die Verkäufer Horst und Nobby, die auch privat zusammenhängen wie zwei siamesische Zwillinge, weilen noch mit Dr. Feige auf der Autobahn und werden in circa einer Stunde im Hotel erwartet.

Munter tauscht man Fahrterlebnisse aus. Daphne wird bleich, als sie Herrn Bull durch den Raum schweben sieht. Mist, warum muss er auftauchen und ihr jetzt die Stimmung verderben? Eigentlich wähnte sie ihn in einem der zahlreichen Bierbars in Utrecht oder im Rotlichtviertel.

„Hallo miteinander!", unterbricht Herr Bull jegliche Unterhaltung am Tisch. „Darf ich mich setzen?"

„Klar doch!" Enthusiastisch deutet Lando-Frank auf einen der freien Plätze am Tisch.

„Hallo - Schneckchen!" Frech grinst Herr Bull Daphne an, die sich krampfhaft bemüht, nicht rot zu werden. Aber ganz schafft sie das nicht - ihre Wangen glühen verdächtig.

„Haha - 'Schneckchen'!" Klaas greift das dahingeworfene Wort auf.- „Wer hat Ihnen denn DEN Ausdruck beigebracht, Herr Bull? So rot, wie Daphne gerade aussieht, gleicht sie eher einer frischgepflückten Tomate!"

Daphne beißt sich verlegen auf die Lippen. Aber zum Glück genießt Herr Bull einen unwahrscheinlichen Strom der Beredsamkeit und guten Laune. Ob dies vielleicht auf den vorher erlebten Orgasmus zurückzuführen ist?

„'Schneckchen'? So nenne ich immer meine Frau!", gesteht Herr Bull freimütig und greift zu der Speisekarte. „Welche Pizza könnt ihr mir empfehlen?"

Lachend zupft Klaas an seiner marineblauen Krawatte, auf der drei kecke Affen auf eine Palme klettern. „Herr Bull, auf diesen Themenwechsel lassen wir uns jetzt nicht ein! Wieso nennen Sie Frau Pfeifenkönig 'Schneckchen' - haben Sie etwas mit ihr?"

„Klaas!", schaltet sich Daphne ein, deren Kopf jetzt wie eine rote Ampel leuchtet. „Was soll diese Fragerei?"

„Ich meine ja nur, weil er zu dir 'Schneckchen' sagt, jedoch die beiden anderen Damen mit Koseworten ausspart!" Klaas nippt an seinem Weizenbier. „Welche Namen fallen Ihnen denn zu Noelle und Jessy ein?"

Klaas fühlt sich komplett in seinem Element als charmanter Alleinunterhalter, der sein Publikum mitzureißen weiß. Mit sichtlichem Vergnügen reibt er sich seine großen Hände.

„Ääh - Jessy und Noelle?" Herrn Bulls Blicke gleiten ausführlich über beide Damengestalten, so als sähe er sie zum ersten Male. Jessy und Noelle ist das gar nicht recht - sie fühlen sich wie bei der Musterung vor einer Pferdeversteigerung.

„Ääh", meint Herr Bull nochmals verlegen und denkt angestrengt nach.

„'Sardinchen' für Noelle?", hilft Klaas nach und streicht sein braunes Haar zurück.

„'Sardinchen'? Warum denn das?" Noelle schießt von ihrem Polsterstuhl hoch, wie von der Tarantel gestochen. In ihren Augen blitzt Wut.

„Weil du flache Titten hast!" Klaas gackert los wie eine Legehenne.

Zornig beugt sich Noelle über den Tisch - so, als wolle sie Klaas eine Ohrfeige verpassen. Das geht zu weit! Muss sie sich eine solche Anspielung gefallen lassen? Sie - als eines der „Topmodels" des Messestandes? „Sag' das noch mal!", zischt sie.

„Tja - viel hast du vorne tatsächlich nicht zu bieten!", schaltet sich Herr Bull ein und wackelt mit seinem Bierbauch, der aus seiner Hose hängt wie ein großer Fußball. „Aber manche Männer stehen tatsächlich auf flache Sardinen!"

Keuchend fällt Noelle auf ihren Stuhl zurück. Klaas und Herr Bull sind für sie von nun an gestorben. Und fast schon beneidet sie Monique, die sich solche Beleidigungen im Moment nicht gefallen lassen muss! Zugegeben - Bernd, ihr Freund, äußerte sich bereits einige Male, sie solle sich ihren Busen mit Silikon auspolstern lassen. Er liebt Frauen mit üppigem Busen. Und eigentlich hat er auch recht, aber sie fürchtet die Operation und die damit verbundenen Kosten.

„Was sagen Sie denn zu Jessy?", bohrt Klaas weiter.

„Jessy?" Herr Bull überlegt nochmals und versucht, sich Jessy nackt vorzustellen. Sie ist fest gebaut, aber schlank - dank der strengen Haferflocken-Apfel-Diät aus der Zeitschrift „Schnuffi" vom Herbst 2006. Auch der Busen macht mehr her als der Noelles.

„Löwin!", meint er schließlich, ist aber mit der Wahl dieser Bezeichnung nicht ganz glücklich.

Sein Verdacht wird bestätigt, als Noelle erneut aufspringt und kreischt:

„Warum ist sie eine Löwin und ich nur eine Sardine?"

Einige Gäste fahren erschrocken herum und starren entsetzt auf die schlanke Gestalt, die ihre Haare zornig in den Nacken wirft.

„Wenn ich eine Sardine bin, dann sind Sie ein Sofakissen!" Unverhohlen starrt sie auf seinen Bierbauch.

Aber Herr Bull lässt sich nicht irritieren.

„Sofakissen - haha!", lacht er, verstummt aber, als plötzlich sein Mobiltelefon läutet.

„Warum habe ich das Ding nur nicht im Hotelzimmer gelassen?", murmelt er ungehalten und verflucht insgeheim diesen Segen der Technik. Mobiltelefone - oder auch „Handys" - sind praktisch, allerdings ist man damit jederzeit überall erreichbar, selbst auf der Toilette.

Auch jetzt fühlt er sich in seiner Privatsphäre gestört, steht auf, wirft ein „Meine Frau ist am Apparat!" in die Runde und entfernt sich hastig. Zum Glück hat er noch keine Pizza bestellt.

Den ganzen Abend lang taucht er nicht mehr auf. und so erfährt niemand, ob das Gespräch mit seiner Frau angenehm war oder nicht.

Die Spannung - hervorgerufen durch das vorangegangene Streitgespräch - fällt langsam von der Verkaufsrunde ab. Sie genießen ihre saftigen Pizzen und unterhalten sich angeregt. So erleben sie doch noch alle einen gemütlichen Abend.

16. Kapitel

Mit feuchten Operationstüchern reinigt er die beiden Hinterbacken und den After der Frau. Alles soll sauber wie möglich sein.

Seine Bemühungen mit den Vibratoren waren nicht ganz erfolgreich. Die Afteröffnung ist etwas weiter geworden, aber sein Penis schafft es immer noch nicht, sich vollständig dort hinein zu schieben.

Er schiebt ein Keilkissen unter den Bauch der Frau und zieht sich einen weißen Kittel an. Dann setzt er sich eine Stirnlampe auf den Kopf, zieht neue Einmalhandschuhe über beide Hände und legt sich einen Mundschutz an.

Er holt einen sieben Zentimeter langen Ring aus hartem und stabilem Plastik hervor, Die Öffnung des Ringes ist so breit, dass sein Penis problemlos hineinpasst.

Der Ring sieht aus wie ein Rohr, das mit einem Trichter endet. Seitlich am Ring befinden sich einige Bohrlöcher.

Der Mann desinfiziert die Afteröffnung der Frau und das Gebiet in der Nähe mit einem Spray. Anschließend nimmt er eine Spritze und injiziert mit höchster Konzentration ein Betäubungsmittel rund um die Afteröffnung. Er sticht mehrmals ein und versenkt die Nadel tief in die Haut, um das Mittel gut zu verteilen. Kältespray genügt hier nicht, hat er festgestellt. Das betäubt zwar die Haut, aber nicht so, wie es ihm für seine Zwecke dienlich ist. Die Injektionen dagegen setzen den Schließmuskel stark außer Kraft und die Operation wird einfacher. Außerdem werden die Frauen an den betäubten Stellen einige Stunden lang keine oder nur wenige Schmerzen verspüren. Das ist der Vorteil dieser Lokalanästhesie.

Nach einigen Minuten zieht der Mann die betäubte Haut auseinander und dreht den mit Gleitgel eingecremten Plastikring in die Afteröffnung der Frau.

17. Kapitel

Lächelnd steht Daphne vor dem Messestand in Halle 6 der Messe in Utrecht. Im Arm hält sie einen Stapel Prospekte, die sie eifrig an vorübereilende Maschineninteressenten verteilt. Also Leute, die nur einen kurzen Einblick in das Maschinenprogramm der Firma BOULANGER erhalten wollen und noch kein konkretes Projekt „in petto" haben, für das sie eine Füll- und Verschließanlage benötigen.

Es ist der erste Messetag – der 9. Juni -, und Daphne fühlt sich noch fit. Die aufreizende Bluse mit dem tiefen Ausschnitt kleidet sie vorzüglich - eine Bluse, die sexy kurz oberhalb des Bauchnabels abschließt. So, dass jeder Neugierige noch einen kleinen Blick darauf erhaschen kann, wenn er will.

Die drahtigen Beine stecken in topmodischen, engen Satinhosen. Das gleißende Licht der Neonröhren, die die Halle 6 erhellen, spiegelt sich im Schwarz dieser Hosen. Obwohl diese Messe sehr offenherzig ist, wird doch auf topmodische Aufmachung Wert gelegt.

Noelle und Jessy werkeln hinter der Bar oder in der Küche. Sie schneiden oder belegen Brotscheiben mit deftiger Wurst in allen Geschmacksrichtungen aus der Dose oder mit weichem, gelbem Käse aus Holland. Sie zapfen Bier aus einem großen braunen Holzfass, oder rennen geschäftig zu den Tischen, um den Herren Verkäufern Kaffee oder kalte Getränke zu servieren.

Die Kunden, die sich an den Tischen niedergelassen haben und zusammen mit den Herren Verkäufern über etlichen Unterlagen und Prospekten brüten, hegen bereits konkrete Kaufabsichten. Sie besitzen Produkte, die sie füllen und/oder verschließen wollen, und suchen nur noch einen geeigneten Lieferanten, der ihnen eine entsprechende Maschinenlinie zu günstigen Konditionen verkauft.

Daphne lächelt, verteilt Prospekte und erteilt kurze Auskünfte. Kunden aus aller Welt sind angereist, schlendern in adretten Anzügen an den Ständen entlang, bleiben ab und zu stehen, um nur zu schauen oder auch Fragen zu stellen.

Die Messe ist ein Whirlpool von Nationen, sie bietet die Gelegenheit, neue Geschäftsverbindungen zu schließen, aber auch eine Gelegenheit, bereits bestehende Kontakte neu aufzufrischen und Leute zu treffen, die man schon lange treffen wollte.

Stimmengewirr hängt in der Luft, ein ständiges Gemurmel wie rauschende Bergbäche.

Daphne lotst Kunden, die technische Fragen erörtern wollen, zu einem der Verkäufer.

Silbern blitzen die Maschinen im Neonschein, Herr Bull bedient sie, stellt sie an und wieder ab. Er zeigt interessierten Leuten, wie eine Parfümlinie Duftwasser in kleine, bauchige Flaschen füllt und anschließend mit einem Kristallstopfen verschließt.

Eine andere Maschine montiert Einmalspritzen und füllt sie mit Wasser. Es wäre zu riskant, Originalprodukt in diese Spritzen zu füllen - man will ja niemanden irgendwie gefährden. Und Wasser tut es ja auch.

Daphne liebt diese Maschinen, sie liebt das gleichmäßige Taktgeräusch, wenn die Stößel in der Maschine einen Stopfen in eine Spritze oder in eine Flasche setzen.

In circa einer Stunde wird Daphne in der Bar und Küche arbeiten, und Jessy wird hier am Eingang des Messestandes Prospekte austeilen und lächelnd Fragen beantworten. Die Damen wechseln sich ab in ihren Tätigkeiten. So wird es nie langweilig.

Die Messe zeigt sich hektisch und geschäftig in diesen Tagen. In den Hallen werden Geschäfte gemacht oder die Grundsteine für neue Geschäfte gelegt. Der intimere Teil der Messe steigt erst nach der Arbeit auf dem Stand. Meistens jedenfalls.

Während Daphne die Boulangers beobachtet - Helge und Jasmin Boulanger, die sich angeregt bei einem Gläschen Sekt mit einem anderen aufgetakelten Ehepaar unterhalten -, gleiten ihre Gedanken ins heimische Pappelgrubenhausen zu Monique. Was sie jetzt wohl tut?

18. Kapitel

Monique ärgert sich in dem großen BOULANGER-Gebäude, in der Verkaufsabteilung, gerade über den Drucker.

„Das Papier taugt nichts!" Verärgert zieht sie einen zerknitterten Bogen heraus - Seite drei eines wichtigen Ersatzteilangebots für einen Kunden aus China. Schon zum dritten Male versucht sie, dieses Angebot zu drucken, aber immer stürzt der Drucker ab, zieht das Papier erbarmungslos in seine Heizstäbe und meldet dann hartnäckig auf dem Display „Papierstau!"

Papierstau! Jetzt ausgerechnet, wo sie, Monique, hier ganz alleine versucht, die Verkaufsabteilung am Laufen zu halten! Auf ihrem Schreibtisch stapeln sich Briefe, Faxe und andere Dinge, die erledigt werden sollen. Warum nur müssen so viele Leute auf dem Messestand herumstehen, während sich hier die Arbeit ballt? Und das hier alles hätte auch Noelle erledigen sollen, die doch sowieso bald die Firma verlässt! Was für eine Verschwendung, eine Dame auf Kunden loszulassen, die schon gekündigt hat!

Dabei hätte Monique so gerne mehr über Maschinen erfahren, alle Neuheiten hautnah auf der Messe gesehen, anstatt hier den täglichen Kram zu erledigen, den sie sowieso aus dem FF beherrscht. Allerdings, wenn sie ein Kunde am Telefon über Neuheiten ausquetscht, kann sie - dank ihrer Messeabwesenheit - nicht mitreden.

In Gedanken betätigt Monique wieder die Drucker-Taste ihres Computers - zum vierten Mal. Diesmal scheinen das Papier und auch der Drucker ein Einsehen mit ihr zu haben - das Angebot erscheint diesmal makellos aus dem Papierschlitz.

Trotzdem wird Monique Herrn Brummer, dem Einkaufsleiter, sagen, er solle lieber wieder das gute Druckerpapier kaufen und nicht dieses, das vielleicht pro Paket nur um zwei Cent billiger ist.

Das Telefon klingelt. Wieder ein Kunde, den Monique auf nächste Woche vertrösten muss. Dieser Mann wird die MASCHINA 2016 nicht besuchen, sein heißgeliebter Gesprächspartner Lando-Frank weilt allerdings dort.

Ob sie ihm nicht die Nummer des Messestandes geben solle, raunt Monique zuckersüß und superfreundlich in den Hörer.

Nein, wehrt der Kunde ab. Was er zu fragen habe, habe auch noch bis nächste Woche Zeit.

Monique legt den Hörer auf die Gabel und ackert weiter.

19. Kapitel

Nach zehn Minuten beginnt er mit der eigentlichen Operation. Das Schmerzmittel wirkt jetzt, der Ring steckt in der Afteröffnung der bewusstlosen Frau, sitzt aber dort noch zu locker. Würde der Mann jetzt versuchen, seinen Penis durch den Ring zu schieben, könnte es sein, dass der Ring aus dem After springt. Das will der Mann nicht haben, das könnte seinen Orgasmus stören. Deshalb holt er seinen Akkuschrauber – eine Bohrmaschine – hervor und legt sich einige Schrauben, die verschiedene Längen aufweisen, bereit. Die Stirnlampe spendet Licht, als er mit einer Hand die Position des Ringes im After prüft. Anschließend nimmt er eine Schraube und dreht sie mit seinen Fingern ein wenig in eines der Bohrlöcher. Die Drehung wird fester und tiefer, als er mit einem Schraubenzieher nachhilft. Den Rest erledigt der Akkuschrauber, mit dem der Mann zielsicher eine nach der anderen Schraube versenkt. Im Bohren und Schleifen ist er ein Ass, das hat er während seiner Zahntechnikerausbildung gelernt.

Es gibt ein Knarren, dann ein Knirschen, als sich die Schrauben in die Löcher des Rings, in menschliche Haut und Muskelgewebe bohren. Einige Schrauben liegen waagrecht, andere liegen schräg. Aber das ist so gewollt, damit sich die Schrauben gegenseitig nicht konfrontieren.

Der Mann versucht, beim Bohren nicht auf Knochen zu treffen. Die Haut der Frau ist so sehr von dieser Aktion „überrascht", dass es auch lange Zeit zu keiner Blutung kommt und kommen wird.

Insgesamt sechs Schrauben sorgen letztendlich dafür, dass der Ring einen sicheren Halt hat.

20. Kapitel

Insgesamt hat er in den kommenden Stunden viermal einen Orgasmus. Leicht ist es geworden, seinen Penis in den After der Frau zu führen, sich auf- und ab zu bewegen und den Gipfel der sexuellen Lust zu genießen.

Die ersten Male versucht er es mit Kondom, die letzten beiden Male lässt er das Kondom weg. Sein steifer, schlanker Penis schafft es, überallhin einzudringen, wohin er eindringen will. Er spürt die Darmhaut im Innern der Frau, die sich um den Penis schmiegt. Aber endlich ist es möglich, den ganzen Penis einzuführen.

Es scheint, als habe der Schließmuskel der Frau damit aufgehört, ihm – einem Mann mit großer Lust auf Analverkehr – Widerstand zu leisten.

Um sich immer wieder anzutörnen und nicht einzuschlafen, küsst er den Körper der Frau, berührt ihre Beine, neckt ihre Scham. Das ist sein Abend, das ist seine Nacht, und er genießt sie in vollen Zügen.

Vier Uhr am Morgen ist es schließlich. Zeit, bald Adam zu holen und gemeinsam die Frau aus dem Hotelzimmer zu schaffen und zu einer Parkbank zu bringen.

Vorher muss er noch den Plastikring aus der Frau entfernen. Ein leichtes Hin- und Herdrehen am Trichter des Rings sorgt dafür, dass einige der eingedrehten Schrauben sich ein wenig lockern. Den Rest schafft der Akkuschrauber. Mit seiner Hilfe lassen sich die Schrauben leicht herausdrehen.

Die blutigen Schrauben und den Ring wirft der Mann in den Abfallbeutel.

Aus dem After der Frau fließt Blut. So viel davon wie möglich wird mit einem sterilen Tuch entfernt. Anschließend wird der Frau Verbandsmull in die Afteröffnung gestopft, um die Blutungen zu stillen.

Der Schließmuskel der Frau hat bei der ganzen Prozedur ziemlich gelitten, und es wird dauern, bis er wieder

41

richtig funktioniert. Der After ist durch die Operation weiter geworden, obwohl der Ring nicht mehr drin ist.

Aber das wird nicht mehr das Problem des Mannes sein. Er holt eine Windel für Erwachsene und wickelt damit die Frau. Das dürfte helfen, eventuelle Blutungen und Fäkalienabgänge in den kommenden Stunden aufzufangen.

Der Mann zieht seinen weißen Kittel aus. Das Blut darauf kann man auswaschen.

Als Adam kommt, hilft dieser seinem Freund, die immer noch bewusstlose Alison anzuziehen und in einen Rollstuhl zu hieven. Gemeinsam fahren sie sie Frau im Rollstuhl durch die Empfangshalle des Hotels. Es ist noch früh am Morgen und niemandem fällt auf, wie schlapp Alison noch ist.

Anschließend transportieren sie die Frau mit einem Auto zu einem Park und legen sie vorsichtig auf eine Parkbank. Neben ihr platzieren sie ihre Handtasche.

Es wird noch eine Weile dauern, bis die Frau wieder zu sich kommt.

Die beiden Männer checken anschließend aus dem Hotel aus. Den Abfallsack mit den blutigen Gegenständen werden sie in einen Mülleimer weit weg vom Hotel werfen.

Die Vibratoren und der Akkuschrauber werden jedoch sorgfältig gereinigt werden. Vielleicht kommen sie bald wieder zum Einsatz.

21. Kapitel

Verschwommen kann sich Daphne erinnern, wie sie an diesem Abend in dieses Hotelzimmer gelangte. Sie ist noch ein bisschen beschwipst vom gerade genossenen Champagner.

Hinter ihr steht Herr Al Amini, ein Mann mit viel Geld aus New Delhi. Ein Mann, der eine große Firma sein eigen nennt. Eine Firma, die vielleicht irgendwann bereit ist, in eine große Maschinenlinie zu investieren. Und Daphne soll ein wenig nachhelfen.

Das Abendessen mit Herrn Al Amini schien schnell arrangiert - eine Abmachung zwischen Herrn Dr. Feige und dem Inder. Dann holte Herr Al Amini Daphne nach dem Messestress vom Hotel „Brijkhusen - ahoi!" ab. Eine Erholung von der üblichen Pizza am Abend, aber Daphne weiß auch gleichzeitig, was von ihr erwartet wird. Sie soll mit Hilfe ihres Körpers einen Auftrag an Land ziehen. Sagen darf sie niemandem etwas von diesem „Liebesdienst" - alles soll diskret behandelt werden.

Und so wird auch dieses Abendessen zwischen Daphne und Herrn Al Amini geheim bleiben. Das Essen wurde aufs Zimmer serviert - Daphne genoss Hummer mit frischen Früchten, anschließend Eiscreme. Nun fühlt sie sich gesättigt und müde, sie würde alles darum geben, um sich ausruhen zu können.

Aber dieser Abend fängt erst richtig an.

Der Champagner hat Daphne viele Hemmungen genommen. Ist es zuerst nicht etwas befremdlich, sich einem neuen, einem wildfremden Mann hinzugeben? Aber was tut man nicht alles zum Wohle der Firma und zur Sicherung von einigen hundert Arbeitsplätzen!

Herr Al Amini hat Daphne an diesem Abend ausführlich gemustert, er wirkt exotisch und anziehend, er trägt ein umwerfendes Männerparfüm. Seinen schwarzen dichten Haarschopf hat er unter einem weißen Turban verborgen, der Schnauzbart wirkt gepflegt. Der graue Anzug sitzt tadellos an der schlanken Erscheinung. Wie alt er wohl sein mag? Daphne kann exotische Männer so schwer schätzen - 40 Jahre zählt dieser Mann oder vielleicht auch 45.

„Der Champagner war gut - nicht wahr?" Sie spürt seinen Atem in ihrem Nacken, warm und angenehm. Sie fühlt sich leicht und beflügelt. Der Champagner war eine gute Idee.

„Ja, der Champagner war gut!" Sie klingt wie sein Echo, ihr Englisch kommt brüchig und ungelenk. Aber dies zählt auf dieser Messe nicht, andere Eigenschaften sind wichtiger.

„Wir sollten diesen Abend noch zu einem würdevollen Abschied bringen!", raunt er und küsst sie an der linken Schulter. „Einem Abschied, der zu diesem schönen Wetter und zu dieser wunderbaren Messe passt!"

Sie schaudert.

Sanft berührt er ihre Schultern. „Frieren Sie?"

„Nein!" Sie schluckt.

Er stellt sich vor sie hin und meint sachlich:

„Wie wäre es mit einem angenehmen Schaumbad? Sie müssen erschöpft sein nach diesem langen Messetag!"

„Keine schlechte Idee!"

„Gut!" Er klatscht in die Hände, als wolle er sie aus ihren Tagträumen reißen. „Ich werde etwas arrangieren!"

Geheimnisvoll lächelnd zückt er sein schwarzes Handy und wählt die Nummer der Rezeption: „Ja - hier Al Amini! Ich hätte gerne zwei Flaschen Champagner, dazu Schlagsahne und Früchte. Ja, Mango, Erdbeeren - was Sie auftreiben können! Auf Zimmer 214 bitte!" Und zu Daphne gewandt:

„Dieses Schaumbad werden Sie sicherlich nie vergessen!"

„Ich hoffe, ich werde es in positiver Erinnerung behalten!", meint sie höflich. Sie muss diesen Abend jetzt überstehen, fühlt seinen kurzen Kuss wie einen Windhauch auf ihrer Wange.

„Er gestaltet den Abend wenigstens würdevoll - wie ein Mann, der eine Frau respektiert!", denkt Daphne und folgt mit ihren Blicken dem Inder, der schnell in das luxuriös eingerichtete, rosa-gekachelte Badezimmer verschwindet und rauschend klares Wasser, sprudelnd wie ein Quellbach, in die Wanne laufen lässt.

Daphne schließt die Augen und hält sie auch noch geschlossen, als der Kellner vom Zimmerservice an die Türe klopft. Sie hört, wie Herr Al Amini sich bedankt und ein Tablett auf den Glastisch stellt. Und sie hört, wie er zu ihr über den grasgrünen Teppich schreitet. Im Hintergrund rauscht immer noch das Wasser in die Wanne. „Die Wanne wird überlaufen!", bemerkt sie, als er leichte Küsse in ihr Dekolleté haucht. Sie spürt seinen warmen Atem, sie spürt sein Parfüm, so erfrischend männlich. Seine Hand sucht ihre Brüste, gleitet in ihren Ausschnitt und massiert sie sanft. Wohlig stöhnt sie, denn das tut gut - so gut!

„Die Wanne wird nicht überlaufen!" Wieder haucht er einen Kuss in ihren Ausschnitt und huscht anschließend ins Badezimmer. Sie atmet hörbar, als er das Wasser abstellt. Wohlige Stille lastet über dem Raum, nur das Licht des Vollmondes sickert sanft in den grasgrünen Teppich und lässt ihn irgendwie unwirklich erscheinen. Das ist das richtige Ambiente für einen lauschigen Abend, denkt sie.

„Es ist auf einmal so still ohne den Wasserhahn!" Die Bemerkung klingt blöd, aber sie weiß nicht, was sie sagen soll.

„Stille hilft bei der Entspannung!", flüstert er und massiert wieder sanft ihren Busen. So, als tue er das täglich - irgendwelche Frauenbrüste massieren.

Sie schnurrt wie eine Katze, bemerkt seine Finger an ihren Knöpfen, bemerkt, wie er ihre Bluse langsam aufknöpft. Dann spürt sie seine Hände an ihrem Büstenhalter. Er öffnet ihn, der Büstenhalter fällt leicht über ihren Rücken und bleibt auf dem Teppichboden liegen. Sie spürt Herrn Al Aminis Küsse über ihre Brüste gleiten und wirft ihren Kopf jäh zurück wie eine junge Stute, um dieses sagenhaft erotisierende Gefühl voll auskosten zu können. Sie spürt seine Zähne an ihren Brustwarzen, und sie spürt, wie er ihre Müdigkeit und ihre Erschöpfung aus ihr heraussaugt. Herrlich!

„Wollen Sie nicht in die Badewanne steigen - solange das Wasser noch warm ist?", haucht er in ihr Ohr.

Sie nickt, löst den Knopf ihrer Satinhose und lässt diese achtlos über ihre Beine gleiten. Er küsst und saugt noch an ihren Brustwarzen, als sie aus ihrer Hose steigt - elegant und verführerisch.

Er nimmt ihre Hand und begleitet sie ins Bad. „Wie eine junge Badenixe", denkt er und hilft ihr in die Wanne. Das warme Wasser perlt um ihre Haut, umschmeichelt ihre Gliedmaßen. Versonnen lässt sie sich nach hinten gleiten und streicht den weißen Schaum über ihre Arme. Fast wie in einer Werbung über Seife, denkt sie. Herr Al Amini verschwindet und entkleidet sich. Als er erscheint, ebenfalls nackt, balanciert er ein Tablett. Ein Tablett voller Köstlichkeiten - er stellt es auf den Hocker neben der Wanne.

Daphne denkt an Monique, will aber diesen Gedanken nicht aussprechen, um die sinnliche Stille zwischen ihnen nicht zu zerstören. Warum muss eine solche Messe zum „Lustpool" verkommen? Warum ist Information über die Maschinen für die Mitarbeiter nicht mehr wichtig, sondern nur noch Sex in allen Variationen? Frau Amini wird nie erfahren, was ihr Mann heute Abend treibt. Diskretion ist wichtig - dafür wird sie - Daphne - schon sorgen und jedem über die Messe etwas anderes als die Wahrheit erzählen.

Beruhigende sphärische Musikklänge schweben durch den Raum und sickern in das Badewasser. Daphnes Blick fällt auf das Tablett voller Köstlichkeiten, während sich Herr Al Amini vor ihr niederkniet wie ein griechischer Gott - wie ein Adonis mit einem Körper aus Goldbronze!

Er küsst sie auf die Wange und greift in die Kiwi- und Bananenscheiben. Der Länge nach durchgeschnittene Mangofrüchte geben ihren Saft ab.

„Würde Ihnen eine dieser Früchte schmecken?", gurrt er wie eine Taube. Sie nickt und spürt den frischen Geschmack von Bananen zwischen ihren Zähnen.

„Etwas zu trinken dazu?", fragt er und hält ihr ein Glas Champagner an den Mund. Sie spürt das prickelnde Getränk zwischen ihrer Zunge, und sie verschluckt sich beinahe.

Erschreckt schaut er sie an, als sie hustet.

„Ich habe zu schnell getrunken!", entschuldigt sie sich. „Aber - frieren Sie nicht? So ganz nackt vor der Badewanne ...?"

Er lächelt, entblößt strahlend weiße Zähne. „Was für ein umwerfend schöner Mann!", denkt sie. „Und reich noch dazu! Dem kann natürlich Ansgar nicht das Wasser reichen!"

„Es ist doch warm!", sagt er mit dunkler, gutturaler Stimme und nimmt die Papaya, die mitten auf dem Tablett thront, mit frischer, strahlendweißer Schlagsahne gefüllt - wie Schnee auf den Gipfeln endloser Bergketten, das in der Sonne funkelt. Die Sonne, das sind die Lampen, die weich ihr Licht in das Badezimmer und über die beiden turtelnden Gestalten fließen lässt.

„Steigen Sie doch in die Badewanne - leisten Sie mir Gesellschaft!", lockt sie.

Er balanciert die Papaya in einer Hand, steigt in die Wanne und beugt sich über sie. Seine Hand streicht Schlagsahne über ihr Gesicht, und sie lacht. Sie bäumt sich auf vor Lust wie eine wildgewordene Stute. Er streicht über ihre Brüste und cremt sie mit Schlagsahne ein.

„Ist das nicht lecker?", gurrt er in ihr Ohr.

Wohlig leckt er die Schlagsahne von ihren Brüsten und beißt in ihre Warzen.

Sie schreit, und er verschließt ihren Mund mit einem Zungenkuss.

Beide wälzen sich im Schaumbad wie zwei wildgewordene Tiere, schnaufen und stöhnen.

„Ich wusste gar nicht, dass Ihr Inder solche lustvolle Liebhaber seid!", keucht sie, als sie seinen Penis fasst - goldbraun und schlank und stromlinienförmig.

„Wir Inder sind sehr erfinderische Liebhaber - und wir lieben die richtige Umgebung!" Er strahlt, als seine Hände sanft in das Wasser tauchen und ihren Körper streicheln. Er spielt mit ihrer Klitoris - au, das kitzelt! Daphne zuckt.

Sie genießt es, als sein Finger in ihre Scheide wandert und ihren Innenraum sanft erforscht. Sie genießt es, als der Finger endlich auf- und abgleitet und immer schneller wird. Das ist ja noch ein besserer Orgasmus als mit Ansgar - oder dem neuen Monteur Bodo!

„Sie erinnern mich an einen Künstler - oder an eine Raubkatze!", bemerkt sie.

Lächelnd greift er noch einmal in die Schlagsahne. „In New Delhi nennen sie mich auch 'den wilden Panther!" Konzentriert malt er ihr mit der Schlagsahne einen Bart, bis sie aussieht wie ein Nikolaus.

„In welcher Hinsicht sind Sie für die anderen ein wilder Panther?" Fragend tauchen ihre Blicke in seine Augen, während er genüsslich ihr Gesicht sauber leckt. Und dann spürt sie seine Zunge in ihrem Mund - fordernd und neckend.

„Weil ich ein cleverer Geschäftsmann bin!", grinst er. „Und meine Geschäfte haben auch ihren Preis - so, wie der heutige Abend!"

Sie versteht. Aha, da ist sie also eine unter vielen. Herr Al Amini pflückt sich die Frauen ab wie reife Äpfel - so, wie er sie gerade braucht. Aber langweilig ist es nicht mit ihm.

Er scheint ihre Gedanken zu erraten.

„Noch keiner Frau ist es mit mir langweilig geworden!" Er setzt jeweils einen Tupfen Schlagsahne auf ihre beiden Brüste, die sich ihm wie reife Früchte entgegenrecken. Früchte, die jetzt gepflückt werden wollen. Sein Mund umschließt die rechte Brustwarze, saugt an ihr und neckt sie mit der Zunge. Dann beißt er zu. Fest. Viel zu fest.

Daphne schreit.

Das erregt ihn unsagbar. Er fasst die Brustwarze mit den Schneidezähnen und zieht sie nach oben, bis der Busen wie ein Fels in die Luft ragt. Das tut nicht weh, Daphne ist erstaunt darüber. Dann lässt Herr Amini los, die Brust fällt wieder in die vorherige Position.

Wieder fasst er den Busen mit seinen kräftigen Händen, massiert ihn und gräbt seine Schneidezähne in die empfindliche Stelle, an der die Warze beginnt. Er saugt daran und zieht den Busen mit seinen Zähnen erneut nach oben.

Daphne merkt ein Ziepen, ein Pieken, das für sie aber erträglich ist.

Er lässt den Busen los und fragt:

„Hat das weh getan?"

Daphne schüttelt ihren Kopf. Nein, das war noch erträglich, aber was wird jetzt noch kommen?

Wieder fasst Herr Amini den Busen mit seinen kräftigen Händen, knetet ihn. Dann fasst er die Warze mit den Zähnen. Autsch, das piekt jetzt aber gehörig! Daphne wimmert.

Herr Amini überhört das. Er beißt mit seinen Schneidezähnen noch tiefer in den Schmerz, in die braune Haut der Warze, neckt die Warze mit seiner Zunge und schiebt sie zu einigen seiner Backenzähne. Wie ein Tiger bei einer Mahlzeit beißt und zerrt und kaut er die Brustwarze. Seine Zähne mahlen und beißen abwechselnd die braune Haut. Wieder fasst er die Brust mit seinen Händen und knetet sie. Sein Zeigefinger streichelt den Vorhof der Warze und drückt die Warze plötzlich nach innen.

„Autsch!", schreit Daphne und hält die Luft an.

„So können wir nicht weitermachen!", sagt Herr Amini bestimmt. „Los, steigen Sie aus der Wanne! Sofort!"

„Was ist denn los?" Daphne ist erstaunt.

„Sie verhalten sich kontraproduktiv!", Herr Amini steigt aus der Wanne „Lassen Sie mich einfach nur meine Arbeit machen, dann können Sie auch schnell in Ihr Hotel zurückkehren!"

„Arbeit? Ich verstehe nicht!" Daphne steigt aus der Wanne, Herr Amini reicht ihr ein Badetuch.

„Trocknen Sie sich ab und legen Sie sich hin!"

Daphne gehorcht und legt sich auf Herrn Aminis Bett. Sie schweigt.

Herr Amini kniet sich über sie, nimmt eine Plastikflasche mit Lotion und reibt langsam ihren Körper ein.

„Genießen Sie einfach!". Sein Ton ist wieder sanfter, als er duftende Lotion über ihr Dekolleté, über die beiden Brüste, über den Bauch streicht. Er verteilt Lotion in ihren

Schoß und kümmert sich auch um die Beine und die Füße.

„Und jetzt drehen Sie sich um!" Daphne folgt schweigend und genießt es, als er ihren Rücken cremt, über die Hinterbacken streicht und schließlich auch Beine und Füße nicht vergisst. „Wenn es Schmerzen gibt, dann atmen Sie diese aus. Einfach aus Ihrem Körper atmen!"

Daphne dreht sich wieder auf den Rücken. Herr Amini zieht Handschellen hervor.

„Nein!", ruft Daphne, als sie die Handschellen sieht. „Das war mit mir so nicht ausgemacht!"

„Das ist aber eine reine Vorsichtsmaßnahme!", meint er bestimmt. Er packt Daphnes rechte Hand und will sie in eine Handschelle stecken. Sie aber stößt seinen Arm weg, setzt sich auf und ruft wütend:

„Das können Sie vielleicht mit Ihren indischen Frauen machen! Aber mit mir nicht!"

Sie sitzt da, nackt und schön. Sie ahnt, was Herr Amini vorhat. Irgendetwas Schmerzhaftes vielleicht. Aber das lässt sie an ihrem Körper nicht zu.

„Was wird Ihr Arbeitgeber dazu sagen, wenn Sie auf einmal kneifen?", lächelt er triumphierend.

„Solange es um Körperverletzung geht, habe immer noch ich das Sagen! Hier hat mein Arbeitgeber kein Mitspracherecht! Während unserer Verabredungen mit Kunden geht es um ‚normalen' Sex, aber um nichts, was mit Handschellen zu tun hat!"

„Normaler Sex!", lacht Herr Amini. „Keine Handschellen also. Lassen Sie mich Ihnen dennoch etwas zeigen! Etwas Neues, Aufregendes! Wenn es zu sehr schmerzt, höre ich sofort auf. Ehrenwort!"

Ihre Arme liegen an der Seite, und er streichelt ihre Brüste. Liebevoll, aber bestimmt. Plötzlich drückt er auf die rechte Brustwarze. Fest. „Tut das weh?"

„Es geht noch!" Daphne atmet den Schmerz aus.

Herr Amini nimmt die Brustwarze in den Mund, neckt sie mit seiner Zunge, beißt an der empfindlichsten Stelle und zieht die Warze und somit auch die Brust mit seinen Schneidezähnen nach oben.

Daphne atmet den Schmerz aus. Ihre rechte Brust hängt in der Luft. Als Herr Amini die Warze loslässt, fängt er die zusammensinkende Brust mit seinen kräftigen Händen auf.

„War das nicht wunderschön?" Er wartet keine Antwort ab und holt einen Gegenstand, den er in der Nachttischschublade hat. Der Gegenstand besteht aus zwei Nippelklemmen, die an einer Kette hängen. Sie sehen aus wie kleine Zangen und sind miteinander durch eine Kette verbunden. Herr Amini nimmt eine Nippelklemme und befestigt sie an Daphnes rechter Brustwarze.

„Tut das weh?"

„Noch geht es!" Daphne atmet den Schmerz aus. Sie schließt ihre Augen. Herr Amini verstärkt den Schmerz, indem er Druck auf die Nippelklemme mit zwei Fingern ausübt.

Daphne merkt das. „Lassen Sie das bleiben!"

Er löst die Nippelklemme. Seine Zähne fassen die Warze und beißen und saugen daran.

„Tut das weh?"

„Nein!", sagt Daphne und kann das Beißen und Saugen auf einmal genießen. Es ist angenehm. Sie lässt sich fallen und entspannt.

Nach einigen Minuten lässt Herr Amini diese Warze in Ruhe und kümmert sich um Daphnes linke Brust. Er fasst sie mit seinen Händen und liebkost sie. Dann lässt er seine Zähne und die Zunge mit der Brustwarze spielen. Sie wird hin- und hergeschoben, bis sie schließlich bei den Backenzähnen landet und dort gekaut und mit mahlenden Bewegungen gerieben wird.

„Können Sie das noch aushalten?", fragt er.

„Ja, das ist gut. Machen Sie weiter!" Sie genießt.

Herr Amini greift die linke Brustwarze mit einer Hand, lotst sie erneut zu seinen Schneidezähnen. Diese packen die Warze an der empfindlichsten Stelle, saugen und beißen. Auf einmal ziehen die Schneidezähne die Warze nach oben. Die Zähne halten die Warze fest und schütteln die Brust. Daphne zuckt, aber sie findet das Schütteln der Brust nicht unangenehm. Nach einigen Sekunden lässt Herr Amini die Warze los und umfasst die zusammensackende Brust mit seinen Händen.

„Sind Sie bereit für die nächste Stufe?" Er nimmt einen Zeigefinger und drückt auf die linke Brustwarze. So, als wäre es eine Haustürklingel, die er betätigt.

„Der Schmerz ist grenzwertig!", gibt Daphne zu. „Aber machen Sie weiter!"

„Sind Sie bereit für ein neues Experiment mit den Nippelklemmen?"

Sie nickt.

„Jetzt tief ausatmen!" Herr Amini befestigt eine Nippelklemme an der rechten Brustwarze, die andere Nippelklemme an der linken Warze. Daphne spürt jedes Mal ein leichtes Zwicken.

Über ihr baumelt plötzlich ein Seil mit einem Haken an dessen Ende. Eigentlich ist das eine Aufhängung für eine Lampe. Aber es hängt keine Lampe dort. Deswegen hat Herr Amini ein Seil mit einem Haken eingefädelt. Ein Seil, das er nach oben und nach unten ziehen kann.

„Bereit für Stufe drei?"

„Ja!"

Herr Amini packt die Kette, die die beiden Nippelklemmen, in der Daphnes Brustwarzen gefangen sind, verbindet und hängt sie in den Haken. Unweigerlich werden Daphnes Brüste nach oben gezogen und hängen in der Luft wie zwei pralle Boxhandschuhe. Der Schmerz in ihren Brustwarzen ist stark geworden.

Daphne wusste bisher nicht, wie schlank ihre Brüste werden können, wenn man sie in die Länge zieht. Sie wird beinahe wahnsinnig - vor Schmerz und vor Ekstase. Wie können solche tierischen Schmerzen gleichzeitig so unglaublich erregend sein?

„Geht es noch?", fragt er.

„Nein", sagt sie.

„Vergessen Sie Ihre Angst. Ich kann Ihre Warzen noch mehr dehnen. Dann wird alles noch erregender."

„Nein, das will ich nicht!", sagt sie.

Er zieht dennoch das Seil noch ein paar Millimeter nach oben. Daphnes Brüste sind stramm bis zum Anschlag gespannt. Mehr geht nicht.

„Das ist Ihre Schmerzgrenze. So ist es in Ordnung!", meint er sachlich.

Daphne ist genervt. „Bitte befreien Sie mich!"

Sie ist auf seine Hilfe angewiesen. Wenn sie nämlich an den Nippelklemmen herumhantiert, kann es sein, dass sich ihre Brustwarzen noch mehr verletzen.

„Ohne Orgasmus sollten wir aber nicht aufhören. Das wäre schade. Gerade in dieser Position!"

„Gut, dann machen wir das!" Daphne lenkt ein. „Aber danach entfernen Sie bitte diese Klemmen von meinen Brüsten!"

„Alles klar!" Herr Amini befestigt das Ende des Seils straff mit einem Knoten am Bett. Er umfasst er Daphnes Brüste und knetet und massiert sie. Die Brüste und Warzen werden so aufs Äußerste gedehnt, und der Schmerz ist unbeschreiblich geworden.

„Hören Sie auf damit!" Daphne klingt drohend. „Sonst werden Sie mal sehen, welche Extremmassage meine Hände an Ihrem Penis vornehmen können!"

Herrn Amini sagt nichts mehr und hört mit seinen schmerzhaften Streicheleien auf. Sein Penis ist endlich erigiert. Mit einem stürmischen Aufatmen stößt er seine Männlichkeit in Daphne - lang und hart.

Sie beugt sich zurück wie ein wildes Tier, während er in ihr auf- und niedersaust wie eine Wasserfontäne. Ihre Brüste recken sich immer noch nach oben und schmerzen wie verrückt, aber in dieser sexuellen Ekstase ist das auf einmal egal. Außerdem macht die gebeugte Rückenlage die Schmerzen erträglicher.

Plötzlich kommt Herr Amini,, ergießt frisches, klebriges Sperma in Daphne und reißt sie hinein in einen Strudel der Atemlosigkeit. Er genießt jede Sekunde grenzenloser Lust.

Nach seinem Orgasmus befreit Herr Amini Daphnes Brustwarzen von den Nippelklemmen. Daphne ergreift sie vorsichtig und betastet sie sorgfältig. Wund sind sie geworden und sehen aus wie blutige Beeren. Einige Hautschichten sind nicht mehr da.

„Wollen Sie, dass ich noch ein bisschen daran beiße und sauge?", fragt er sie.

„Nein, lassen Sie das! Das ist jetzt genug! Haben Sie noch etwas gegen die Schmerzen?"

„Natürlich!" Er sprüht ein Medikament, das desinfizierend und heilend wirken soll, auf Daphnes Brustwarzen und legt Mull darauf. Anschließend befestigt er den Mull mit Pflastern.

Daphne setzt sich langsam auf.

„In einigen Wochen sehen Ihre Brüste wieder aus wie neu", entschuldigt sich Herr Amini. „Sie können ja zum Arzt gehen."

„Nein, ich werde nicht zum Arzt gehen!" Daphne klingt bestimmt, sucht ihre Kleidung zusammen, um sich anzuziehen. „Es wäre nett, wenn Sie mir ein Taxi rufen!"

Herr Amini nickt und zückt sein Smartphone.

Daphne ist klar: Dieser Sex war heftig. So etwas hat sie noch nicht erlebt. Aber sie war immer Herrin ihrer selbst. Sie hatte fast alles unter Kontrolle! Und Handschellen wird sie sich von niemandem anlegen lassen!

In genau zwei Wochen wird Herr Al Amini der Firma Boulanger einen Auftrag über mehrere Maschinen im Werte von über zwei Millionen Euro erteilen.

22. Kapitel

Als Alison erwacht, weiß sie nicht, wo sie ist. Ihr ist schlecht. Außerdem tut ihr Hinterteil fürchterlich weh. Sie hat das Gefühl, als sei es ausgefranst.

Sie kann sich nicht erinnern, was passiert ist. Offensichtlich hat sie einen Filmriss.

Wo war sie gestern Abend? Und warum hat sie diese tierischen Schmerzen?

Sie merkt, dass sie eine Windel trägt – und erschrickt. Irgendetwas Schreckliches ist passiert mit ihr. Und etwas in der Windel ist nass. Dieser Gedanke macht sie ohnmächtig. Sie rutscht von der Parkbank. Zum Glück fällt ihr Kopf auf ihre Handtasche. Ein Passant will Alison helfen. Als er merkt, dass sie ohnmächtig ist, ruft er einen Krankenwagen.

23. Kapitel

An diesem zweiten Messetag fühlt sich Daphne wie gerädert. Es wurde spät gestern Abend - glücklicherweise bezahlte ihr Herr Al Amini die Heimfahrt mit dem Taxi.

Im Hotelzimmer nahm sie erst einmal eine Schmerztablette und ließ sich in die dunkelblaue kühlende Bettwäsche fallen. Weiche Daunen schmiegten sich um ihren erschöpften Körper, und sie glitt in einen tiefen, traumlosen Schlaf.

Nun steht sie mit Noelle hinter der Bar, während Jessy vorne am Eingang mit sprühendem Charme Prospekte an alle Interessenten und Nicht-Interessenten verteilt. Tja, gäbe es einen Wettbewerb, wer die meisten Prospekte unter die Messebesucher bringt, würde Jessy ungelogen den ersten Preis einheimsen.

Daphne hat ihre ramponierten Brüste in einem locker sitzenden Büstenhalter verstaut und hinter einem rabenschwarzen Rollkragenpullover mit kurzen Ärmeln verborgen. Sie hofft, dass sie abends von stürmischen Annäherungen von Kunden oder Kollegen verschont bleibt. Noch eine Prise solcher Orgasmen kurz hintereinander verkraftet sie heute nicht. Die Schmerzen haben nachgelassen, Herrn Aminis Mullverbände sind offensichtlich gut.

Wie ein Roboter zapft sie goldgelbes Bier und gießt Getränke in lange schlanke Gläser. Sie schüttet Kaffee in weiße Tassen, platziert Milchportionen und abgepackte

Zuckerstückchen auf die Unterteller, rechts neben der Tasse. Sie funktioniert nur noch. Ja, selbst eine Sexbombe kennt irgendwo ihre Grenzen, und Daphne ist heute nur noch müde.

Noelle neben ihr plaudert über alles Mögliche. Mit den Kollegen weilte sie gestern in einem griechischen Restaurant. Dies hätte Daphne auch ohne Noelles Ausführungen erraten, denn Noelles Knoblauchfahne und die der anderen wehen weit über den BOULANGER-Messestand hinaus in die Halle. Diesen Geruch konnte selbst der tapfer hinuntergeschluckte Ouzo nicht bannen. Doch Daphne ist heute vieles egal. Sie horcht nur auf, als Noelle längere Zeit von der Bar verschwunden bleibt. Wo steckt sie denn nur? Meint sie denn jetzt, da sie gekündigt habe, könne ihr sowieso nichts mehr passieren und sie schwebe auf freier Wildbahn? Dauert es wirklich zwanzig Minuten, vier Japanern zwei Tassen Kaffee, einen Maracuja-Saft und ein Glas Mineralwasser zu servieren?

Angestrengt lässt Daphne ihre Blicke über den Stand schweifen. Und schließlich entdeckt sie Noelles kurzen braunen Haarschopf an einem Tisch mit weiteren Europäern. Engländer vielleicht oder Schweizer? Daphnes Augen kullern beinahe aus dem Kopf. Klaas reißt sie aus ihren Gedanken. Galant zupft er an seiner braunen Krawatte, die drei Kamele ziert - passend zum klassischen schwarzen Anzug mit der exakten Hosenbügelfalte:

„Na, Daphne, könntest du mir und meinen beiden Kunden nicht jeweils ein 'kühles Blondes' zapfen?"

„Klar doch!" Daphne lächelt charmant und kramt drei Biergläser aus den Fächern unterhalb des Fasses hervor. Beherzt füllt sie diese zur Hälfte mit Bier und wartet dann erst einmal, bis sich der Schaumpegel gesenkt hat. Anschließend gießt sie die Gläser voll und hetzt zu Klaas und seinen Kunden. Zwei Österreichern, die ihm gerade vom Heurigen und vom Prater vorschwärmen. Wahrscheinlich steht dort in der Nähe ihre Firma.

Dann gibt es auf einmal viel zu tun in der Bar. Daphne füllt Gläser und Tassen, streicht Brote und belegt sie, hetzt von Tisch zu Tisch. Was fällt denn Noelle ein, so lange wegzubleiben? Soll sie sich hier an der Bar zu Tode schuften, während Noelle bei irgendwelchen Kunden eine Show abzieht? Ungeduldig schüttelt Daphne ihre blonde Haarpracht.

24. Kapitel

Was Daphne weder ahnt noch sieht, ist, dass Noelle von einem Tisch mit lauter Finnen nicht loskommt. Herr Dr. Feige winkte sie her - stellte sie höflich den Herren vor. Aha, das also sind die Leute der Firma HENKILÖJUNA in Lappeenranta, der die Firma BOULANGER kürzlich eine Maschinenlinie zum Füllen und Bördeln von kleinen Fläschchen, sogenannten „Vials", lieferte. Und sie, Noelle, durfte die Versandpapiere erstellen und sich um die Auslieferung kümmern.

Schnell ist Noelle in ein Gespräch verwickelt, man spricht englisch, denn wem - außer einem einheimischen Finnen natürlich - kann man die Beherrschung der höchstkomplizierten finnischen Sprache zutrauen? Man tratscht und plaudert, lacht und singt bei einigen Gläsern Bier. Noelle ist erstaunt, dass Skandinavier so fröhlich und ungezwungen sein können. Sie hielt die Finnen eher für reserviert und oberflächlich.

„Und funktioniert die Maschinenlinie?", fragt Noelle beherzt und lässt eine Kostprobe ihres frivolen Lachens "he – he – he!" vom Stapel.

„Nein, wo denken Sie hin!", meint Herr Kuuluisuus, der Chefeinkäufer, und lacht. Wenn er lacht, scheint es kein Beinbruch zu bedeuten, wenn die Maschinen gar nicht laufen, denkt Noelle. Wäre sie der Kunde, wäre ihr das nicht ganz egal.

Doch die Finnen sind fröhlich, haben sich durch verschiedene Stände durchgesoffen, weil doch Bier in Finnland so irrsinnig teuer ist. und jetzt sind sie am BOU-

LANGER-Messestand, hängen herum und lassen sich abfüllen - was sie sonst mit ihren Produkten auf BOU-LANGER-Maschinen tun.

„Ja, wissen Sie, Frau Trällerkranich, im Moment ist es nicht so schlimm, dass die Maschinen nicht funktionieren!", lallt Herr Sinussa, der Leiter dieses Projektes und eine „technische Kanone". Er sitzt rechts von Noelle, und sein derber Gesichtsausdruck wirkt nach einigen Gläsern Bier noch derber. Er hat blonde Haare, ein typisches Merkmal jedes Finnen oder ein Klischee, wer weiß. Nur leider besitzt er dicke Finger, die sich langsam unter dem Tisch ihren Weg auf Noelles feinbestrumpften Beinen bahnen und von dort aus unter den knallroten Minirock schlüpfen.

„Wir könnten es hinbekommen, dass die Maschinen laufen!", raunt er leise.

Noelle wird rot und zieht geräuschvoll die Luft ein, als sich die gierigen finnischen Finger an ihrer Feinstrumpfhose und schließlich dem Slip zu schaffen machen. Sie presst sich auf ihren Stuhl und rutscht naher an die Tischkante, und sie hofft dadurch, dass ihr Unterleib für jedermann unsichtbar sei.

„Ja, ich glaube, es wäre wichtig, dass wieder einmal einer unserer Monteure nach Finnland reist und sich Ihre Maschinen ansieht!", meint Noelle forsch und befördert die gierige Männerpranke auf Herrn Sinussas schwarze Polyesterhose.

„Sie könnten mitkommen und sehen, ob der Monteur seine Sache richtig macht!" Herr Sinussa lässt sich nicht aus dem Konzept bringen, platziert seine Hand wieder auf Noelles Knien und lässt sie gefährlich langsam unter den Minirock wandern.

Noelle stutzt. „Es ist normalerweise nicht üblich, dass die Sachbearbeiterinnen die Monteure auf deren Reisen begleiten!" Sie presst unmerklich die Oberschenkel zusammen, als Herrn Sinussas Hand über die Spitzenbesätze ihrer Unterhose gleitet. Seine Hand ertastet den Gummibund und spielt damit. Dann spielt er mit ihrem Bauchnabel, bohrt mit seinen Finger hinein, ertastet das, was im Bauchnabel ist, und dreht den Finger wieder heraus. Jedoch weiter kommt er nicht - der Abstand zwischen ihnen ist zu groß, und Noelle atmet auf.

Herr Dr. Feige erscheint, wie eine bizarre Gestalt aus dem Nebel ihrer Gedanken. Und siedend heiß fällt ihr Daphne ein, die an der Bar steht und sich abrackert. Himmel - Daphne hatte sie glatt vergessen! Das schlechte Gewissen nagt an ihr wie Ratten an altem Brot. Herr Sinussa spielt immer noch mit ihrem Slip-Gummi und mit ihrem Bauchnabel, und sie versucht, völlig unbeteiligt Herrn Dr. Feige in die Augen zu sehen.

„Na - haben Sie sich gut unterhalten?", grinst er durch seine Brillengläser. „Die Herren haben sich sehr lobend über Sie geäußert - und vielleicht kaufen sie bald eine neue Maschine bei uns!"

Noelle läuft dieses Lob wie Öl den Rücken hinunter. Gleich jedoch erfasst sie ein eiskalter Schauer, als Herr Dr. Feige unschuldig lächelnd vorschlägt:

„Hätten Sie nicht Lust, die beiden Herren heute zum Abendessen zu begleiten?"

Dies klingt wie eine spontane Idee, aber tief drinnen fühlt Noelle, dass alles eine abgekartete Sache ist. Jetzt kommt ihr Einsatz für die Firma - mit anschließender Diskretion. Zum Glück nimmt sie regelmäßig die Pille und trägt heute Reizwäsche.

Sie schluckt, sieht in die strahlenden Gesichter der Herren Kuuluisuus, Sinussa und Paipää, der heute noch kaum etwas gesagt hat. Und sie weiß, sie ist gefangen - die Stunde der Wahrheit ist gekommen. Sie sieht in die lächelnden Gesichter mit einem ebenso lächelnden Herrn Dr. Feige über sich, der auf einmal aussieht wie ein Erzengel Gabriel höchstpersönlich.

Und sie denkt sich: „Wer kann dazu schon 'nein' sagen?" und antwortet laut mit einem mutigen „Einverstanden! Wo und wann treffen wir uns?"

25. Kapitel

Der Koffer, den er in die Niederlande auf die Messe mitnimmt, wird nicht schwer werden. Ein bisschen Unterwäsche, einige Anzüge, Pflegeprodukte, den Rasierapparat. Ganz zuunterst legt er die Analvibratoren in den Koffer. Sie sind wichtig. Genauso wie die Einmalspritzen, das Beruhigungs- und das Betäubungsmittel. Außerdem der Akkuschrauber, einige Plastikringe und ein Set mit langen Schrauben. Ebenfalls packt er einige Leintücher, weiße Kittel, sterile Tücher, Einmalhandschuhe, Windeln für Erwachsene in den Koffer. Des Weiteren andere Kleinigkeiten, die er sonst so braucht.

Er kennt diese MASCHINA-Messen. Schon vor einigen Jahren hat er abends im Hotel seine Analvibratoren eingesetzt. Die Erinnerung daran zaubert ihm ein Lächeln ins Gesicht.

Seine Operationsmethode hat er im Laufe der Jahre perfektioniert. Er hat versucht, Plastikringe in weiches Holz einzusetzen und sie mit Schrauben zu befestigen. So lange, bis er sich sicher genug fühlte, die Ringe auch bei Menschen einzusetzen, um für sich den Analverkehr einfacher zu gestalten.

Der Mann lacht wieder. Diesmal laut. Eine kleine Operation kann einem Frauenhintern nicht schaden, findet er. Vor allem haben die Frauen anschließend Respekt vor ihm und keine lacht ihn aus. So, wie er damals in der Schule von Frauen ausgelacht wurde. Aber er ist über diese seelische Verletzung aus seiner Kindheit hinweggekommen. Seine Sexualpraktiken haben ihm dabei geholfen.

Er hat keine Angst, dass ihm jemand auf die Schliche kommt. Denn er fand schon immer Mittel und Wege, andere Menschen zu bedrohen. Er hat genug gegen viele Leute, die seine Neigung zum Analverkehr kennen, in der Hand. Niemand kann ihm gefährlich werden.

Gut gelaunt fährt er zum Flughafen.

26. Kapitel

Immer noch vor Erregung keuchend liegt Noelle auf einer der Holzbalken der Sauna des Hotels „Welcome to the Nederlandse Spraken". Schweiß rinnt langsam wie kleine Bäche über ihre sorgsam im Sonnenstudio gebräunte Haut.

Jetzt atmet sie langsamer, ihr Brustkorb hebt und senkt sich wie um Takt zu einer nie gesungenen Melodie. Und im Geiste läuft noch einmal der gerade erlebte Orgasmus ab. Von wegen, Finnen seien trocken und phantasielos! Diese Finnen waren anders, sie weckten das wilde Tier in ihr, als sie sich in grenzenloser Lust über sie beugten.

Herr Kuuluisuus küsste ihre Stirne, ihre Wangen, ihren Hals und schließlich ihre Brüste. Dann nahm er die Warzen in den Mund und saugte intensiv daran - so intensiv, dass sich Noelle in das Reich der Träume hinab gleiten ließ. Du liebe Zeit, hatte sie jemals solch etwas Schönes erlebt? Nein, gestand sie sich ein. Die sanfte Massage ihrer Brustwarzen erregte sie langsam, aber sicher, und die Worte: "Tun Sie's jetzt - oder ich werde verrückt!" krochen ganz natürlich über ihre Lippen.

Er ließ ihre Brustwarze nicht los und umschmeichelte sie sanft mit Lippen und Zunge.

"Ich will aber noch ein bisschen Spannung haben", flüsterte er, als sich seine Zunge ihren Weg in ihren Schambereich bahnte. Er suchte die Klitoris mit seinem Mund, nahm sie zwischen die Lippen, saugte daran, spielte damit mit seinen Zähnen, kaute und biss daran abwechselnd wie an einem Kaugummi. Dann zupften und zogen seine Finger abwechselnd an Noelles Schamhaaren und Schamlippen, was die ganze sexuelle Prozedur noch aufregender machte. Und wieder waren seine gierigen Zähne an ihrer Klitoris und bissen sanft in die empfindliche Haut. Dann wanderte seine Zunge in ihre Scheide und erforschte mit sanftem Tasten ihren „Eingang", kostete von ihrem Nass.

Noelle stöhnte und kicherte abwechselnd. Du liebe Zeit, was war das? So ein Gefühl hatte sie ihn ihrem ganzen Leben noch nie erlebt – in ihrem ganzen Sexleben auch noch nicht. Wie konnte dieser Mann so gut mit weiblichen "Kitzlern" umgehen?

Sie merkte, dass sie noch nasser, noch erregter wurde. Sie stöhnte vor Lust, als sich sein harter Penis schließlich in sie schob. Sanft glitt er hinein, als sei er schon immer dort gewesen. Alles schien so natürlich, und Noelle dachte:

„Schade, dass dieser zärtliche Mann verheiratet ist!"

„Ist es gut so?", flüsterte er, als habe er ihre Gedanken erraten. Noelle fühlte sich wie jemand, der mit etwas unglaublich Schönem beschenkt wird, und sie versuchte, sich jede Sekunde dieses unglaublichen Orgasmus unauslöschlich ins Gedächtnis zu brennen.

Wirklich - sagenhaft, wie zärtlich, aber doch gleichmäßig sich Herr Kuuluisuus in ihr bewegte, sie stöhnte vor Wollust und bewegte sich mit ihm rhythmisch auf und ab. Wie ein Tanzpaar lagen sie da - zum Takt eines ungespielten Walzers, eines Walzers der Lüste.

Ach - wirklich, von diesem Mann könnte Bernd viel lernen! Aber Noelle wird Bernd von diesem heutigen Abend nie berichten!

Sie schrie auf, als sie kam. Sterne explodierten in ihrem Kopf wie ein Feuerwerk.

„Große Klasse!", bemerkt sie jetzt, als sie schweißgebadet und glücklich neben dem blonden Finnen liegt, der ihre Wangen streichelt. „Wo haben Sie das gelernt? Dies war der schönste Orgasmus meines Lebens!"

Er lächelt. „Ich scheine das Zeug zum perfekten Liebhaber zu besitzen! Jeder sagt das. „Seine Zunge gleitet langsam in ihren Mund. Sie nimmt sie und saugt daran, schmeckt Spuren von Pfefferminzbonbons. Nicht nur ein perfekter Liebhaber ist dieser Finne, sondern er riecht auch noch unglaublich gut, was man leider nicht von jedem Mann behaupten kann.

„Schade, dass es vorbei ist!", denkt sie laut voller Bedauern, und sie meint es ehrlich.

„Schöne Dinge sollen einmalig bleiben und nicht zur Gewohnheit werden!", meint er nett, aber bestimmt. und Noelle begreift den versteckten Hinweis, dass sie hiermit den ersten und letzten Orgasmus mit Herrn Kuuluisuus erlebt hat. Zumindest für die Dauer dieser Messe.

Er steht auf, Noelle verfolgt mit ihren Blicken seinen athletischen Körper. Schnell stürzt er sich in seinen blaugrau-gemusterten Bademantel, der sich wie eine zweite Haut an seinen Körper schmiegt und leicht die Hüften umspielt.

„Sie sollten jetzt duschen!", bemerkt er. „Sie schwitzen ja!"

Sie sieht an sich herab, betrachtet ihren wohlgeformten Körper. Herr Kuuluisuus deutet einladend auf seine Dusche, bietet ihr ein Handtuch an.

Sie nickt, erhebt sich langsam und watet ins Badezimmer. Er schließt höflich die Türe.

Sie steigt in die Duschkabine, nachdem sie das Handtuch sicher auf einen Hocker davor gelegt hat. Wohlriechende flüssige Seife verteilt sie gleichmäßig auf ihrer Haut. Währenddessen summt sie laut die Melodie von „Pretty Woman". Und sie merkt nicht, wie sich die Badezimmertür fast lautlos öffnet.

Oder doch? Ein Geräusch lässt sie zusammenfahren.

„Ist da jemand?", ruft sie angsterfüllt. ihre Finger kleben wie festgefroren an ihrem Körper. Sie sieht aus wie eine Statue vor der ersten Grundierung bei einem Neuanstrich.

„Ich bin es - Sinussa!" Die Stimme draußen klingt fröhlich.

Noelle will die Wut packen. Warum kann sie sich nicht in Ruhe duschen, ohne dass dieser Grobian Sinussa hereinschneit? Andererseits fühlt sie sich hier gefangen, wenn sie sich wehrt, wem hilft das?

Aber auch in diesem Finnen scheint sich Noelle gründlich geirrt zu haben.

Schüchtern öffnet er die Tür der Duschkabine. „Darf ich reinkommen?" Sein großer Kopf, umrahmt von goldenem Lockenhaar, blickt hinein.

Noelle zuckt mit den Schultern, schaut auf ihre Blöße. Er wertet dies als Billigung, steigt in die Dusche und schließt die Türe hinter sich.

Wortlos greift er die Brause und seift Noelle ab. Seine rechte Hand streift leicht die Seife von Noelles Körper, die linke hält den Duschkopf an die richtige Stelle. Dann küsst er ihren Körper, saugt leicht an der dünnen Haut am Hals. Noelle erschrickt innerlich: Wenn das nur keinen Knutschfleck gibt! Hoffentlich muss sie morgen ihren ansonsten makellos reinen Hals nicht hinter einem Halstuch verstecken!

Er bedeckt ihre Brüste mit Küssen, spielt leicht mit den Warzen und beißt kurz hinein. Seine Finger gleiten in ihre Scham, streichen über ihre Haare und necken ein bisschen die empfindliche Klitoris.

Noelle stöhnt. Wird er sie jetzt hier in dieser engen Dusche vögeln?

Sie stellt diese Frage nicht und beobachtet den großen starken Finnen, der vor ihr langsam in die Knie geht und dabei unaufhörlich Küsse über ihren Körper verteilt. „Ein sanfter Goliath", denkt sie und genießt.

Sein wilder Mund hat ihre Scham erreicht, und sie bäumt sich auf wie eine lüsterne Löwin, als er veranlasst, dass sie ihre Beine spreizt. Er teilt ihre Scham mit seinen Fingern und bohrt zwei davon in ihre Scheide.

Sie zuckt.

„Tut es weh?" Seine sanften blauen Augen tauchen in ihre. Sie liest viele unausgesprochene Zweifel. Zweifel darüber, ob er weitermachen soll oder nicht. Er will ihr nicht wehtun.

„Nein", antwortet sie wahrheitsgemäß. „Es ist so - anders!" Sie weiß nicht, wie sie ihre Gefühle, ihre Ängste vor etwas nie Gekanntem in Worte fassen soll. Was hat dieser Mann mit ihr vor?

„Ich will Ihnen nicht wehtun!" Seine Stimme klingt fest wie die eines Arztes bei der Diagnose. „Entspannen Sie sich einfach - und lassen Sie sich überraschen! Ich kann Ihnen versprechen - es wird nichts passieren. Sie können nicht schwanger werden, aber, was ich jetzt tue, wirkt unglaublich erregend - für Sie und für mich!" Sie nickt und entspannt sich. Sein Finger erforscht warmes, weiches Gewebe, streichelt und knuddelt es. Dann spürt sie seine Zunge an ihrer Klitoris, er nippelt an ihr, spielt mit ihr. Seine Finger zupfen leicht an der empfindlichen Haut. Sie atmet und merkt tatsächlich, wie erregend das wird. So könnte er endlos weitermachen, denkt sie. Das ist ja beinahe so gut wie Herrn Kuuluisuus' Brustmassage!

Seine Hände umfassen ihre Pobacken, halten sich an ihnen fest, als sich seine Zunge langsam den Weg in ihre Scheide bahnt. Er kostet von ihrer Flüssigkeit, wie ein Imker frischen Honig kostet. Er erspürt die Wände ihres Scheidenbereichs, erforscht hier, erforscht da, nimmt sich Zeit zum Erforschen. Es ist ihr, als ob jeder Zentimeter ihres Scheideneingangs genau untersucht wird, genauer noch, als ein Arzt es je tat, und sie stöhnt, als seine Zunge sich in ihr auf und ab bewegt. Er scheint sie auszutrinken, scheint ihre Flüssigkeit in sich aufzunehmen, als trinke er frisches, köstliches Bier. Nach was sie wohl dort unten schmeckt? Sie wagt, diese Frage nicht zu stellen, sondern merkt nur die erotisierende Wirkung seiner Zunge in ihr.

Göttliche Stille umgibt sie, als sie merkt, wie sie vor Erregung zittert. Sie möchte Herrn Sinussas lockigen Haarschopf ständig kraulen, möchte sich am Handgriff in der Dusche festhalten, möchte vor Lust beinahe zerbersten.

Sie stöhnt, als sie merkt, wie sie wie eine Rakete die Stufen der sexuellen Lust hinaufschießt.

Er fühlt sich angespornt wie ein Marathonläufer und züngelt schneller in ihr.

Sie schreit, als sie kommt. Schreit - schreit - schreit. Und könnte ewig so weiterschreien, weil alles so grenzenlos schön und erregend ist!

Anschließend nimmt er sie von hinten. Sie hat nie gewusst, wie einfach das ist. Aber in einem kurzen Moment steht er hinter ihr, massiert mit seinen Händen ihre

Oberschenkel, so dass sie sich unwillkürlich nach vorne beugen muss. Ihre Hände liegen auf ihren Knien. Er legt seine Hände auf ihre Knie, damit sie sicher steht und nicht umkippen kann. Unwillkürlich beugt sie ihren Oberkörper so, dass er leicht von hinten seinen Penis in ihre Vagina hineinschieben kann.

Er hat einen langen Penis.

Sie wusste nicht, dass Männer so einen langen Penis haben können.

Aber er schafft es in locker leichten Gymnastikbewegungen, seine Männlichkeit in ihr auf- und abgleiten zu lassen, so lange, bis sein warmes Sperma sich in sie ergießt...

Jetzt liegt sie hier in der Sauna, über ihr die beiden Herren, die unendliche Lust bereiten können. All die soeben erlebten sexuellen Höhepunkte scheinen mit dem Schweiß an ihrem nackten Körper entlang zu laufen und schließlich in der Luft zu verdunsten.

„In Finnland heizen wir die Sauna mit Reisig", unterbricht Herr Kuuluisuus ihre Gedanken. „Eines Tages sollten Sie eine Reise nach Finnland planen!"

„Vielleicht", murmelt Noelle schwach und wirft einen Blick auf den schönen Körper über ihr. Herrn Kuuluisuus Blick ist abgewandt, im Moment scheint er wohl mehr zu sich selbst zu sprechen:

„Wenn ich Sie dann treffen darf ..."

„Natürlich werden Sie uns treffen!", kräht Herr Sinussa von oben herab. Und er meint es auch so. „Wir zeigen Ihnen dann die wunderschöne Landschaft - wir haben faszinierende Seen, sagenhafte Schlösser, interessante Städte!"

„Ich weiß wenig über Finnland!" Sie schließt die Augen. „Ihr Land erscheint kaum in unseren Nachrichten!"

„Weil bei uns wenig Aufregendes passiert!"

Herr Sinussa stützt sich auf und schaut auf sie herunter. Wie sie daliegt - wie ein moderner Rauschgoldengel! Wie schön, dass er, Herr Sinussa, sie heute Abend glücklich machen durfte! „Auf dem Land leben die Leute in Frieden - keiner tut einem anderen etwas zuleide.

Selbst Möbelhäuser lassen übers Wochenende ihre Waren draußen stehen. Niemand stiehlt etwas!"

„Ein faszinierendes Land!", haucht Noelle. „Ist es manchmal nicht zu langweilig dort?"

„Langweilig?" Herr Kuuluisuus lacht rau. „Wir freuen uns an der Schönheit des Natürlichen, des Friedens! Natürlich gibt es auch bei uns Verbrechen, Diebstahl und anderes - aber nicht so häufig wie in vielen anderen Staaten!"

„Sie haben heute Abend eines fertiggebracht!" Lächelnd setzt sie sich auf, das Handtuch rutscht von ihren kleinen Brüsten, die schweißbedeckt auf einmal unheimlich verführerisch und rassig wirken.

„Was denn?" Die beiden Finnen sind sichtlich neugierig.

„Bisher hatte ich gar keine - oder eher eine schlechte Meinung über Finnland!", erklärt sie. „Ich bin stolz, diese revidieren zu dürfen - zu Gunsten der Finnen ..."

Befreit lachen sie alle aus voller Kehle. Was für ein gelungener Abend!

Die Herren werden tatsächlich ihre nächste Maschine bei BOULANGER kaufen. Aber davon bekommt Noelle nichts mehr mit.

27. Kapitel

Während Noelle nach Herzenslust mit den Finnen vögelt, kämpft Monique daheim in ihrer gemieteten Altbauwohnung gegen ein verstopftes Abflussrohr.

Sie kippt ein weißes Pulver, das gegen verstopfte Abflüsse helfen soll, pfundweise hinein, beobachtet, wie es in dem Abfluss der Badewanne brodelt und kocht wie in einem Hexenkessel. Aber, anstatt, dass das Wasser leicht abfließt, wird mit einem Glucksen schwarzer Dreck hochgewirbelt und verteilt sich auf dem weißen Porzellan der Badewanne.

Monique flucht leise. Hätte sie auf dem Stand der MASCHINA 2016 arbeiten dürfen und Messeprämie kassiert, könnte sie sich eine bessere Wohnung leisten und müsste nicht in diesem Altbau vor sich hin gammeln. „Dafür rammelt Noelle jetzt die Kunden!" schießt es wie ein giftiger Pfeil durch ihre Gedanken - und erschreckt hält sie inne.

Was hat sie da soeben gedacht? Nochmals von vorne:

„Noelle rammelt jetzt die Kunden!"

„Nein, denke so etwas nicht!", schimpft sie laut mit sich, als sie aus dem Badezimmer schleicht, während die dritte Ladung "Abfluss reinigendes Pulver" des heutigen Abends versucht, seiner Bezeichnung alle Ehre zu erweisen. „Noelle ist eine liebe und nette Kollegin und vögelt außer ihrem Freund niemanden!"

Aber der Gedanke an das Vögeln auf der Messe ist da und lässt sich so leicht nicht abschütteln.

Ätzender Geruch nach Säure steigt in Moniques Nase und kribbelt. Seit gestern versucht sie, ihren Abfluss auf Vordermann zu bringen, aber ohne Erfolg! Was für ein Pech! Und ausgerechnet heute, wenn sie sich ein angenehmes Bad gönnen will!

„Noelle rammelt jetzt die Kunden!" Da ist er wieder, dieser Gedanke, aufdringlich und doch unziemlich. Monique kämpft dagegen an wie gegen den verstopften Abfluss. Aber der Gedanke hängt sich genauso hartnäckig fest wie der Dreck, der den Abfluss verstopft.

„Wer würde denn davon profitieren, dass Noelle bei dieser Messe dabei ist?", überlegt sie sich. „Die Kunden? Nicht direkt, denn sie werden mit einer Ansprechperson konfrontiert, die Firma verlässt - also werden sie veräppelt. In anderer Hinsicht vögeln sie jedoch Noelle und sparen sich so das Geld für einen Besuch in einem Bordell - also profitieren sie!" Monique leckt sich aufgeregt die Lippen. „Das ist also das Geheimnis dieser Messe! Und natürlich wird über solche Aktionen Verschwiegenheit bewahrt, denn Noelle hat gekündigt und wird nichts ausplaudern!"

Monique setzt sich auf ihre buntgemusterte Stoffcouch und überlegt weiter:

„Herr Boulanger profitiert folglich durch diese Bettge-schichten, denn danach erteilt so mancher Geschäfts-mann leichter und schneller einen Auftrag. Und natürlich profitiert Noelle, denn sie sammelt Erfahrungen im Ficken mit Männer verschiedener Nationalitäten!"

Ja, wirklich - so einfach ist das! Warum kam Monique nicht schon früher auf diese geniale Wahrheit? War sie blind?

Der Gedanke an den Abfluss reißt sie aus ihren logi-schen Überlegungen. Im Bad ist es verdächtig still. Mo-nique lugt um die Ecke und reißt ihren Mund vor Entset-zen auf:

Das Wasser steht in der Wanne und macht nicht die geringsten Anstalten abzufließen! Das weiße Pulver hat schon wieder versagt!

Ist Monique nicht schon genug bestraft, dass sie nicht auf dem Messestand arbeiten darf? Aber ein Unglück kommt selten allein!

„Schluss mit diesen Gedanken!", denkt sie auf ein-mal. Nein, sie will sich nicht niederdrücken, nicht entmu-tigen lassen.

Spontan greift sie zum Telefonhörer und bucht für sich selbst eine Massage in einem Hamam, einem türki-schen Bad. Sie kann gleich vorbeikommen und genießt es, wie sich ihr Körper dort entspannt.

28. Kapitel

Helge gähnt - laut und vernehmlich. Er reißt seinen Mund weit auf fast wie ein Garagentor. Seine Kronen und silberfarbenen Amalgamfül-lungen blinken im Schein der großen Deckenlampe. End-lich Feierabend! Er rauft sich erleichtert die schwarzen Locken.

Der zweite Messetag gestaltete sich für ihn anstrengend. Zahlreiche Kunden stürmten den Messestand, darunter viele, die er kannte. Sie wollten ihn alle möglichst gleichzeitig sprechen.

Helge überlegte schnell, wohin er die Leute setzen sollte, denn die Tische auf dem BOULANGER-Stand waren im Nu belegt. Seine anderen Kollegen trafen ja auch Kunden, stürzten sich in angeregte Preis- und Qualitätsdiskussionen. So schickte Helge schweren Herzens einige Kunden weg – er sagte ihnen, sie sollten später nochmals auf dem Stand vorbeischauen.

In seinem Kopf wirbeln Gedanken durcheinander. Eigentlich hat er große Lust, in sein warmes, weiches Bett zu plumpsen und sich von süßen Träumen einlullen zu lassen. Träumen, in denen seine Frau Birgit vorkommt. Was sie wohl gerade macht? Sie erwartet ihr erstes Baby, und Helge und sie freuen sich riesig darauf. Am liebsten würde Helge jetzt seine Birgit in die Arme schließen, die Hand sanft auf den Bauch legen und das Baby spüren, wie es strampelt, wie es seine kleinen Beinchen gegen die Bauchdecke schlägt, um mitzuteilen: „Ich bin da! Hört ihr mich?"

Ein erhebendes Gefühl, bald zu dritt zu sein! Fleißig kaufen Birgit und er Babywäsche ein, richten ein Kinderzimmer her und stellen Spielzeug hin. Der kleine Erdenbürger soll sich geborgen fühlen, wenn er in circa drei Monaten das Licht der Welt erblickt!

Plötzlich klopft es. Helge runzelt die Stirne in seinem kantigen, aber nicht unsympathischen Gesicht. Irgendwie wirkt er wie ein Italiener, und es gibt Leute, die ihn schon geradeheraus darauf angesprochen haben.

„Herein!", ruft er und erhebt sich schwerfällig. Einige Wirbel schmerzen, er vermisst seinen regelmäßigen Sport. Aber seitdem er oft geschäftlich unterwegs ist, hat er seine Aktivitäten im Fußballverein Schnorchelburg erst mal an den Nagel gehängt. Man kann nicht alles haben!

Die Türklinke schwenkt nach unten - Daphne steht im Türrahmen.

„Kommst du heute Abend auch mit ins griechische Restaurant zwei Straßen weiter? Klaas hat einen Tisch reserviert. auch Herr Dr. Feige will noch kommen - und vielleicht auch Herr Bull!"

„Klar komme ich mit - du hättest mich auch anrufen können!" Helges Stimme klingt etwas unwirsch, obwohl er gut mit Daphne auskommt. Er bewundert ihre Kompetenz in technischen Fragen auf dem Maschinensektor. Und das als Frau!

Daphne schließt die Türe und verschränkt ihre Arme. „Was ist denn los, Helge? Habe ich dir etwas getan?"

„Nein, nein!" Er macht eine wegwerfende Handbewegung. Sein altrosa Hemd spannt ein bisschen dabei - er hätte doch das hellblaue einpacken sollen! „Ich bin nur ein bisschen k.o. - das ist alles. Das hat nichts mit dir zu tun! Wann wollen wir uns denn im Restaurant treffen?"

„Um acht Uhr!"

„Acht Uhr?" Helge sieht auf seine aparte ROLEX, ein Geschenk seiner Frau zum letzten Weihnachtsfest. „Da haben wir doch noch eine Stunde Zeit!"

„Haben wir!", bestätigt Daphne und macht ein paar Schritte vorwärts. Parfüm der Marke „KL" wabert um Helges Nase, als sich Daphne neben ihm auf das Bett setzt. „Mir ist so langweilig! Noelle ist mit den Finnen verabredet, und Jessy steht unter der Dusche!"

Helge lacht. „Und - im Fernsehen? Läuft da nichts Interessantes?"

„Nur Nachrichten!" Daphne verzieht ihre süße, herzförmige Schnute zu einem Schmollmund. „Helge -" sie zögert. „Helge, ich mag dich!"

Er schnauft:

„Daphne, ich bin verheiratet. Glücklich verheiratet!"

„Ich weiß das, Helge. Ich bin doch nicht blöd!" Hektisch schüttelt sie ihre blonde Haarpracht. „Aber, Helge, könntest du nicht deine Hand auf mein Knie legen? Deine Frau schaut doch nicht zu dabei!"

Hörbar zieht er die Luft durch die Zähne.

„Daphne, du bist eine ganz tolle Kollegin - wirklich. Ich schätze dich - aber, was du jetzt von mir verlangst, geht entschieden zu weit!"

„Helge - bist du prüde! Warum traust du dich nicht! Es ist doch nichts Schlimmes dabei!" Forsch nimmt sie seine rechte Hand und streicht damit über ihr Knie.

„Nicht doch, Daphne, lass das bleiben!", schimpft er, aber schon streicht ihre Hand über die Stelle an seiner Hose, an der sie seinen Penis vermutet.

Er schluckt. „Lass das Daphne!" Sein Protest klingt schon schwächer.

Daphne hört nicht auf, streicht unbeirrt weiter. und er überlegt, wie er sie zum Aufhören bringen kann, ohne sie zu verletzen, obwohl das so verdammt guttut, was sie mit ihm macht.

Sie zieht seinen Reißverschluss auf, und beinahe ohnmächtig sieht er zu, wie sie sein „Ding" packt, es aus der Unterhose zieht und daran reibt.

„Daphne - was soll das?"

„Könntest du bitte meine Brüste massieren? Aber nicht zu fest bitte! Die Warzen sind noch wund!" Fest blickt sie ihm in die Augen. Wie dumm, dass das, was sie tut, ihn regelrecht antörnt. Und Birgit hat er schon lange nicht mehr berührt, weil sie schwanger ist.

„Daphne, bitte!" Er versucht noch ein letztes Mal, diesem Treiben Einhalt zu gebieten. Dass auf dieser Messe gevögelt wird, wusste er. Er weiß auch, dass Daphne die Monteure verführt und umgekehrt. Aber er als zukünftiger Familienvater und glücklich verheirateter Ehemann wollte sich von allem distanzieren.

„Du magst es doch!", zischt sie, zieht mit sanft seine Vorhaut zurück und steckt seinen Penis tief in ihren Mund.

Er gibt auf. Endgültig. Denn, was sie da tut, ist eines der schönsten Dinge, die er kennt. Und so greift er fast schon gierig in ihren Ausschnitt und streichelt behutsam die weichen, großen Brüste.

Sie zeigt keinerlei Regung, sondern ertastet mit ihren Zähnen und ihrer Zunge langsam seine Männlichkeit.

Diese schmeckt nach nichts. Daphne ist geübt in solchen Dingen, ihre Zungenspitze leckt und tippt sanft an jede Stelle, und Helge beugt genießerisch seinen Oberkörper nach hinten. Seine Hände fallen beinahe aus ihrem Ausschnitt.

Auf diesen Augenblick hat Daphne gewartet. Sie nimmt seinen Penis aus dem Mund und ist blitzschnell über ihm.

„Nein - Daphne, nicht doch!", protestiert er leise. Daphne verschließt seine Mund mit einem zarten Kuss, ihre Zunge gleitet wie selbstverständlich in seinen Mund, spielt mit seiner Zunge, ertastet seine Zähne - und eine Hand greift nach seinem Penis.

Er hat zwar schon viel davon gehört, dass Männer Frauen aus Lust überwältigen, aber umgekehrt? Daphne ist ein typisches Beispiel für die umgekehrte Version.

„Es gefällt dir doch - gib es zu!" Ihr Gesichtsausdruck ist lüstern, beinahe schon unheimlich, als sie ihren Slip herunterzieht. Eine Hand spielt mit ihrem Dschungel voller blonder Haare, die andere packt seine Männlichkeit. „Alles muss man selbst machen!", brummt sie beinahe zu sich selbst. Und dann ein vorwurfsvoller Blick an Helge. „Könntest du nicht ein bisschen helfen?"

An ihm nagt ein schlechtes Gewissen, das er gar nicht haben sollte. Denn sie will ihn vögeln, und nicht er sie.

„Du willst es doch!", kommt es verkrampft aus seinem Mund.

"Ich kann dich steif machen!", meint sie. „Aber stoßen musst du selbst! Komm - sei nicht so zickig!"

„Gut!" Er seufzt, schüttelt und massiert seine Männlichkeit und steckt seinen Finger in Daphne. Er ertastet warmes, weiches Gewebe und viel Feuchtigkeit und findet dies angenehm. Dann nimmt er seinen Penis und stößt hinein.

Daphne stöhnt vor Lust. Auf Anhieb ist er in sie gelangt.

Sie wälzen sich auf dem Bett und treiben sich zum Orgasmus. Und endlich kommen sie beide.

„Du nimmst doch die Pille?", raunt er anschließend. „Ich will kein Kind mit dir haben!"

„Klar nehme ich die Pille!" Sie haucht einen Kuss auf seine Wange. „Du warst wirklich gut - trotz einiger Anlaufschwierigkeiten!"

Schnell zieht sie ihren Slip nach oben und richtet sich vor dem Spiegel. Sie sieht wieder perfekt aus - kein Fältchen oder Flecken lässt auf das gerade erlebte Abenteuer schließen. Auch das Haar liegt einwandfrei - jede Strähne ist dort, wo sie hingehört.

„Tu' das nie wieder mit mir!" Er steht auf, Herr seiner selbst. Schnaufend zupft er an seinem Hemd, schließt den Reißverschluss und zieht die Anzughose glatt, die noch ein wenig zerknittert wirkt. Aber daran kann auch der Arbeitstag am Messestand schuld sein.

„Ja, ich tue es nicht mehr! Ehrenwort!" Fest blickt sie in seine Augen. „Aber, verstehe mich richtig: ich habe es gerade gebraucht. Es war notwendig!"

Und er hat es auch gebraucht, gesteht er sich ein, als er beobachtet, wie sie zur Türe hinaus rauscht.

29. Kapitel

Gelangweilt nippt Jessy im Kreise ihrer Kollegen an ihrer Apfelsaftschorle.

Der zweite Messetag ist vorbei, Daphne und Noelle können bereits mit Sex-Erlebnissen prahlen. Nur für sie, Jessy, ist noch kein rassiger Liebhaber abgefallen. Dabei ist sie doch solo und wäre offen für eine neue Beziehung.

Die griechische Souflaki mit Tsaziki mundete vorzüglich, und auch die Kollegen haben phantastisch gespeist. Knoblauchduft hängt in der Luft wie Nebelschwaden an einem Regentag in London.

Klaas gibt gerade wieder seinen „Fischewitz" zum Besten - er schafft es auf geniale Art und Weise, einen lispelnden Verkäufer nachzuahmen, der einem Kunden, der eigentlich nur eine Angel kaufen will, schließlich ein Motorboot und einen Mercedes aufquatscht. Alle lachen, und Jessy stimmt in das Lachen mit ein, obwohl sie den Witz schon zwanzig Male gehört hat.

Noelle fehlt in der Runde, ihr frivoles Lachen schallt heute Abend einigen vögelnden Finnen entgegen. Doch die Runde versucht, Noelles Vögeln galant zu ignorieren. Noelle führt gerade eine technische Unterredung mit zwei Finnen, sagt sich jeder. Und je mehr man sich solche Lügen einredet, desto mehr glaubt man sie.

„Na - woran denkst du?", reißt Lando-Frank Jessy freundlich aus ihren Gedanken.

Erschreckt schaut ihn Jessy an. „Ach - an alles Mögliche", gibt sie vage zur Antwort.

„Langweilst du dich?" Lando-Frank lässt nicht locker, sieht ihr geradewegs in die grünen Augen.

„Eine hübsche Erscheinung, und auch nicht zu frech. Wäre eigentlich etwas für mich, wenn ich noch auf der Suche wäre", schießt es durch seine Gehirnzellen. Aber andererseits hat er mit seiner Angelika einen Glücksgriff getan, und nicht allzu viele Männer können so etwas heutzutage noch über ihre Freundin sagen.

„Ein bisschen schon!", gibt Jessy zu und wird rot dabei. Was für fantastische, blaue Augen Lando-Frank besitzt - wie tiefe Seen! Komisch, dass ihr das ausgerechnet heute auffällt!

„Ich denke, wir zahlen bald und gehen noch in die Disco!" Lando-Frank fährt sich über die streichholzkurzen braunen Haare. „Den ganzen Abend hier herum zu hocken, ist wirklich langweilig!"

Jessy nickt dankbar. Ja, mit einem Discobesuch kann man diesen Tag sicherlich noch retten, ihm einen positiven Ausklang verleihen!

Sie zahlen, Daphne befreit vorsichtig ihre schicke schwarze Samtjacke von der Stuhllehne und streift sie über die weiße Seidenbluse, die einen Blick auf den üppigen Busen gewährt.

Jessy fühlt sich in ihrem „Sydney-2000"-Shirt da schon stiefmütterlicher und prüder - vielleicht hätte sie ihr erotisches Netzhemd tragen sollen?

Sie verlassen das griechische Restaurant - Daphne, Jessy, Klaas, Lando-Frank, Helge und Thordes. Horst und Nobby, die wie zwei unzertrennliche Zwillingen aneinander kleben, wollten heute alleine etwas erleben. Und Noelle beglückt die Finnen.

Dunkelheit hat sich über Brijkhusen gesenkt, das Fachwerk der Altstadt leuchtet im Licht der Lampen und des Vollmondes. Hastig rennt das Grüppchen durch den Ort, man begegnet anderen Grüppchen, denn es ist ja Messe, und viele Leute erkunden die Stadt nach einem gemütlichen abendlichen Zeitvertreib.

Klaas bleibt vor einem schillernden Etablissement stehen und geht nach einigen Minuten hinein, Lando-Frank folgt ihm, die anderen stehen unschlüssig herum.

„La Cage" nennt sich die Disco - ein französisches Wort für „Käfig" -, und Musik der „Backstreet Boys" schallt heraus.

Klaas und Lando-Frank tasten sich durch geisterhaftes Dunkel, bis sie in eine Halle kommen, die von grellen Blitzen ab und zu erleuchtet wird.

Auf der Tanzfläche wippen einige bizarre Gestalten, aber die meisten Besucher der Disco lümmeln sich auf den Sitzen. Zigarettenqualm hängt in der Luft wie undurchdringlicher Nebel.

„Ich glaube, dies hier ist nichts für uns!", brüllt Lando-Frank Klaas in die Ohren.

„Ja, hier gefällt es mir auch nicht!", bestätigt Klaas. „Das Publikum ist zu jung - dagegen wirken wir schon beinahe wie Großeltern!"

„Was hast du gesagt?" Lando-Frank hält sich irritiert die Hände an die Ohren.

Klaas flüchtet in Richtung Ausgang, und Lando-Frank folgt ihm. Draußen schnappt er erst einmal nach Luft wie ein Ertrinkender.

„Mir gefällt diese Disco nicht und Lando-Frank auch nicht!" Klaas sieht in die Runde seiner Kollegen. „Dort drin ist es total verraucht und nicht zum Aushalten. Außerdem lauter junges Gemüse - da wirken wir im Vergleich dazu wie Großeltern!"

Lando-Frank nickt und lacht über die Bemerkung. Er ist zwar schon über dreißig, aber wie ein Großvater fühlt er sich noch keineswegs.

„Also gut, lass uns etwas anderes suchen!" Daphne tritt unruhig von einem Fuß auf den anderen. „Etwas Gemütliches!" Mit einem frivolen Seitenblick streift sie Helge, der unmerklich zusammenzuckt. Du liebe Güte - warum muss sie ihn auch so anschauen!

Lando-Frank merkt dieses Blickchen-Spiel, sagt aber nichts. Auf dieser Messe ist sowieso alles anders, warum und worüber soll er sich wundern?

Thordes, der ansonsten sehr Stille, schaltet sich in das Gespräch ein:

„Lasst uns etwas Seriöses suchen! Der Wirt in unserem Hotel erzählte mir von einem schicken Tanzcafé, in dem man sogar gepflegt tanzen kann!"

„Warum hast du nichts vorher darüber erzählt?" Ärgerlich dreht sich Daphne zu ihm um. Ihre Augen blitzen wie Feuersäbel.

„Ihr habt mich nicht gefragt!" Thordes zuckt mit den Schultern, als ginge ihn all dies gar nichts an. „Vielleicht finde ich den Weg dorthin - der Wirt hat ihn mir beschrieben!"

Mit einer lässigen Handbewegung winkt er seinen Kollegen, ihm zu folgen. Und sie bewundern wieder, wie cool er ist. Auch wenn die Hektik um ihn herum brodelt, wenn andere ausflippen, bleibt er total ruhig und ausgeglichen. Er sagt nicht viel, doch, was er sagt, macht Sinn, hat Hand und Fuß. So auch jetzt. Vielleicht gilt er deswegen als brillanter Verkäufer, weil er nicht sofort mit Bemerkungen ins Kraut schießt wie ein ungeübter Jäger, der ein Gewehr ausprobiert, sondern sich jeden Schuss mindestens zehn Male überlegt.

Wie eine Schafherde traben die Kollegen artig Thordes hinterher, der auf einmal die Führung übernommen hat. Als sei er den Weg schon tausend Male gegangen.

findet er tatsächlich das Tanzcafé „Metropolitana". Bunt-schillernde Buchstaben künden von einem interessanten Ambiente. Thordes tritt ein, die anderen folgen ihm.

„Zwanzig Euro Eintritt!", verlangt ein schlanker Herr im schwarzen Anzug, dessen ebenso schwarze Haare streng mit Pomade zurückgekämmt sind. Vor ihm stehen eine graue Kasse und eine rote Rolle mit Eintrittskarten. „Zwanzig Euro?" Thordes fallen vor Entsetzen bei-nahe die Augen aus dem Kopf. „Ist das nicht Nepp?"

„Nepp?" Der schwarzhaarige Kassierer zieht die Stir-ne in Falten. „Hören Sie - wir haben heute eine Lifeband zu Gast. 'Die Strawberries' - sie sind wirklich landesweit berühmt, und die Leute reisen von weither an, um diese gute Tanzband zu hören!"

„Mag ja sein", schaltet sich Helge ein. „Trotzdem ver-langen Sie einen happigen Eintrittspreis!"

„Wie können Sie das beurteilen - haben Sie unser Tanzcafé schon einmal von innen gesehen?" Der Schwarzhaarige wird langsam ärgerlich, scheucht die BOULANGER-Truppe mit einer Handbewegung zur Sei-te, um von einem elegant gekleideten Pärchen Eintritt zu kassieren, das diese zweimal zwanzig Euro, ohne mit der Wimper zu zucken, bezahlt.

„Nein!", meint Helge kleinlaut, und ihm schießt durch den Kopf, dass dieser schwarzgekleidete Herr im Grunde nichts anderes ist als ein Verkäufer, der für sein „Pro-dukt", das Tanzcafé, für das er arbeitet, Werbung macht. Und zu den anderen gewandt, meint Helge:

„Macht, was ihr wollt! Mir ist es hier zu teuer - ich ge-he ins Hotel zurück!"

„Ja - wer geht denn dann mit?", fragt Thordes zag-haft. Er, als neuer „Leithammel", darf jetzt keinen Rück-zieher machen, wenn er die ganze Gruppe schon hierher gelotst hat.

„Ich!", meldet sich Lando-Frank kühn.

„Ich auch!" Klaas schließt sich prompt an.

„Ich hoffe, ihr habt nichts dagegen, wenn ich auch nicht mitgehe!" Daphne seufzt aus tiefster Brust und be-ehrt die Herren mit einem huldvollen Augenaufschlag.

„Warum nicht?", grinst Klaas. „In diesem Café gibt es sicherlich einige interessante Männer!"

„Lass bitte diese Anspielungen bleiben!" Daphne verzieht ihren Mund zu einem dünnen Strich und reibt sich nervös an der Nase. „Ich bin müde, das ist alles. Also will ich heute bald ins Bett gehen!"

„Okay - ist schon in Ordnung!", lenkt Lando-Frank ein und wirft Daphne einen beruhigenden Blick zu. „Und was ist mit dir, Jessy? Kommst du mit?"

Jessy zieht die Stirne in Falten - so, als ob sie krampfhaft überlege. Dabei ist ihre Entscheidung schon lange klar. Soll sie sich im Hotel langweilen? Müde fühlt sie sich noch keineswegs. Vielleicht bietet diese Tanzbar ein paar interessante Männer, die man mit sanftem Charme betören kann.

„Ich komme mit!", lächelt sie freudig.

Und dann merkt sie, wie reizvoll diese Entscheidung ist. Daphne kehrt ins Hotel zurück, Noelle ist nicht hier, und sie – Jessy - geht als einzige Dame mit drei interessanten Herren in ein Tanzcafé! Na - wenn das nicht beinahe einem Lottogewinn gleichkommt!

„Also, dann wünsche ich euch viel Spaß!" Daphne schluckt und zupft an ihrer schwarzen Samtjacke. „Bitte - nehmt es mir nicht übel! Beim nächsten Mal gehe ich vielleicht mit!"

„Ich wünsche euch auch einen netten Abend!", stimmt Helge mit ein.

Die drei anderen Herren und Jessy nicken und sehen Helge und Daphne noch hinterher, als diese durch die Eingangstür ins Freie stürzen. Sie werden nebeneinander her ins Hotel gehen, in ein belangloses Gespräch vertieft, aber mit keiner Silbe den abendlichen Orgasmus erwähnen. Und im Hotel werden sie sich beide in ihren Zimmern aufatmend zur Ruhe legen - bis das unsanfte Summen des Weckers sie am nächsten Morgen wieder aus dem Schlaf reißt.

„Kommt - lasst uns nicht noch mehr Zeit verlieren!" Lando-Frank ist wieder ganz der gestresste Verkäufer und zückt seine Geldbörse. Zwanzig Euro zählt er exakt vor dem Kassierer auf den Tisch und erhält eine rote Eintrittskarte. Die anderen bezahlen ebenfalls den Eintrittspreis. Gepflegte Rhythmen schallen ihnen entgegen, als sie das Tanzcafé betreten. Der Raum ist geschmackvoll mit dunkelblauen Samtstühlen und Tischen aus dunkler Buche ausgestattet. Auf der Bühne spielen fünf Herren in Glitzeranzügen, während eine Sängerin im violetten Paillettenkleid mit rauchiger, aber voller Stimme „Love me tender" ins Mikrofon haucht. Viele Gäste wiegen sich im Walzerschritt auf der Tanzfläche. Andere sitzen auf ihren Plätzen, nippen an ihren Getränken und hängen ihren Gedanken nach oder unterhalten sich.

Die vier von BOULANGER finden einen freien Tisch und bestellen sich Getränke, die leider im Eintrittspreis nicht enthalten sind. Thordes hängt seinen Gedanken nach, während sich seine Blicke abwechselnd auf die hübsche Sängerin mit blonden Naturlocken und den rotglitzernden Vorhang am Ende der Bühne heften. Wie es wohl seiner Freundin Jennifer geht? Sicherlich vermisst sie ihn, denn er vermisst sie. Morgen, das schwört er sich, morgen wird er sie anrufen.

Jessy unterhält sich mit Lando-Frank über Tanzcafés im Kreis Pappelgrubenhausen. Sind die meisten dieser Etablissements nicht eine Art Heiratsmarkt? Ein gepflegter Unterhaltungstempel, in dem man in Ruhe nach einer neuen Partnerin oder einem neuen Partner Ausschau halten kann? So etwas scheint wohl auch dieses Café „Metropolitana" zu sein.

Jessy erregt ein gewisses Aufsehen in Begleitung von gleich drei Männern. Einige Damen nähern sich scheu dem Tisch und bleiben dann in gewissen Abständen stehen, lehnen sich dezent an Stühle und strecken sich wie Katzen. Scheinbar gelangweilt blicken sie in keine bestimmte Richtung, in Wirklichkeit jedoch stellen sie sich in Positur. Drei Männer für eine einzige Frau? Das kann nicht sein! Ob da nicht der eine oder andere Herr für eine der geduldig wartenden Damen abfällt?

Die Damen haben offensichtlich Zeit und warten geduldig, nippen an ihren Drinks, lächeln versonnen vor sich hin.

Thordes fordert Jessy zu einem Foxtrott auf, sie gleiten auf die Tanzfläche, wirbeln dahin, rempeln aber dauernd gegen andere tanzende Paare.

Die Sängerin der Tanzband freut sich sichtlich über die Begeisterung, die die Musik hervorruft, und singt noch lauter, noch frecher, noch kerniger.

„Doch noch ein toller Abend!", denkt Jessy dankbar. Doch bei wem soll sie sich bedanken? An Gott glaubt sie schon lange nicht mehr, also dankt sie dem Zufall, der sie im Moment zur unangefochtenen Favoritin von drei Herren gemacht hat.

Nach Thordes tanzt Klaas mit ihr und schließlich Lando-Frank. Lando-Frank findet sie am erotischsten, und sie ertappt sich, wie es ihr bei seinen Berührungen angenehm den Rücken herunter rieselt. Sie hat Feuer gefangen, obwohl sie sich dagegen wehrt. Denn Lando-Frank hat eine Freundin, und sie will sich nicht in eine bestehende Partnerschaft drängeln.

Doch Angelika ist so weit weg.

Jessy ertappt sich dabei, dass sie sehr enttäuscht ist, als eine Tanzpause ausgerufen wird und sie Lando-Frank wieder an ihren Platz führt.

"Das war ein spitzenmäßiger Tanz!", strahlt sie ihn an, und Lando-Frank bemerkt wieder erstaunt, wie schön sie sein kann. Er sagt nichts dazu, wird beinahe rot. Aber sie spürt seine Verlegenheit, spürt, dass irgendwas in ihm vorgeht. Sie spürt die Spannung zwischen ihnen und will ihn auf einmal ganz für sich - egal, ob es irgendwo eine Angelika gibt, mit der er zusammenlebt.

Lando-Frank nippt an seinem Bierglas und sagt eine Weile gar nichts, während Thordes und Klaas munter miteinander über Autotypen plaudern. Plötzlich steht Klaas auf und verbeugt sich galant vor Jessy:

„Nochmals einen Tanz?"

Die Band hat wieder angefangen zu spielen, und Jessy ist etwas enttäuscht, dass Lando-Frank sie nicht zum

Tanz aufgefordert hat. Aber es ist unhöflich, Klaas einen Korb zu geben. So steht sie also artig auf, streift ihr „Sydney-2000-"T-Shirt glatt und lässt sich von Klaas auf die Tanzfläche führen.

Klaas ringt ihr zwei Tänze ab, sie lässt sich von ihm führen, denkt aber plötzlich ganz intensiv, dass Lando-Frank wirklich unübertroffen beim Führen ist. Sie versucht, diesen Gedanken zu verscheuchen, während die Melodien ihre Ohren streifen, während sie Klaas anlächelt.

Als sie wieder zu ihrem Tisch zurückkehren, tanzt Thordes mit einer der Damen, die so lange warteten.

„Schön für die Dame", denkt Jessy neidlos. „Da hat sich das Warten doch noch gelohnt!"

Sie setzt sich wieder neben Lando-Frank, dessen Augen auf die Sängerin der Tanzband geheftet sind.

„Lando-Frank, bist du müde?", raunt sie ihm ins Ohr.

Sein Kopf schießt in ihre Richtung, beinahe schon erschrocken. Er sieht ihr tief in die Augen.

„Ja - schon ein wenig. Warum fragst du?"

„Nur so - du bist auf einmal so schweigsam!"

„Darf man das nicht - nach einem hektischen Messetag?" Beinahe blickt er schon empört.

Sie kann nicht mehr antworten, denn plötzlich rempelt sie an ihn, seine Hand streift unversehens ihren Busen, der hinter der Aufschrift „Sydney 2000" verborgen liegt. Und das alles nur, weil Thordes aus Versehen von zwei Männern angerempelt wurde, als er sich nach einigen Tanzschritten ausruhen wollte. Thordes rempelte Klaas an, Klaas stieß an Jessy - und Jessy an Lando-Frank.

Lando-Frank wirkt irritiert, seine Hand ertastet nochmals das, was ihm so plötzlich in die Hände fiel. Jessy lässt es willenlos geschehen, denn ist es nicht das, was sie wollte? Einmal Lando-Frank spüren, ohne eine Konkurrentin im Nacken sitzen zu haben?

„Das tut gut!", flüstert sie. Sie spürt, wie sie von Sekunde zu Sekunde erotisiert wird. Seine Blicke tauchen in ihre Augen, warm und innig. Und sie merkt, dass zwischen ihnen etwas geschieht, obwohl sie es nicht wollten.

Er streichelt sie weiter im Licht der Dämmerlampen, in dem niemand erkennt, was sie tun, während immer noch laut die Musik spielt.

30. Kapitel

Hinter der Bar steht Jessy, zapft frisches, helles Bier in lange schlanke Gläser, füllt Kaffeetassen und garniert Brotscheiben mit Käse, Paprikascheiben und Gurkenstücken. Der dritte Messetag ist in vollem Schwung, Kunden sprudeln auf den Stand, trinken, essen, diskutieren und fassen alles an, was sie anfassen können.

Jessys Beine schmerzen, verlegen tritt sie ab und zu von einem Fuß auf den nächsten, versucht, den bequemsten und schmerzfreiesten Stand zu finden. Und dabei ist noch nicht einmal die Hälfte der Messe vorbei. Jessy schilt sich selbst - leise und verhalten -, motiviert sich zum Durchhalten. Nein, das kann doch nicht sein, dass sie jetzt schon schlappmacht!

Noelle verteilt Prospekte, und Daphne rauscht, mit Tabletts und ohne Tabletts, durch die Tischreihen, sammelt gebrauchtes Geschirr ein oder serviert lächelnd das, was Jessy hinter der Theke hergerichtet hat. Alles läuft wie am Schnürchen, sie sind alle wie kleine Zahnräder, die ein großes Ganzes, nämlich den Messestand, am Laufen halten.

Und Jessy linst verstohlen zu Lando-Frank, an dem sie auf einmal jede Pore aufregend findet. Sie versucht, sich in nackt vorzustellen - einen schmalen, drahtigen und auch muskulösen Körper. Vielleicht ist er so anmutig wie ein Panther - wer weiß?

Jessy schnippelt sich im Geiste ihren Traumprinzen zurecht, gerade so, wie sie ihn braucht. Ach, wie schön wäre es, wenn es Angelika nicht gäbe, wenn sie freie Bahn bei Lando-Frank hätte, wenn sie beide ohne Vorbehalte eins werden könnten!

Lando-Frank sitzt mit dem Rücken zu ihr, und es scheint, als habe er heute keinen Blick für sie übrig, als gehe er ihr bewusst aus dem Weg, als habe er ein schlechtes Gewissen wegen der "Tat", die er gestern machte. Aber warum sollte er ein schlechtes Gewissen haben - sie wollten es doch beide - dieses Streicheln an Jessys Brüsten.

Vielleicht wollte Lando-Frank auch wieder einmal unverbindlich eine andere Frau ertasten. Vielleicht findet er es alleine mit Angelika langweilig - wer weiß?

Jessy schießen zahlreiche Gedanken durch den Kopf, während ihre Beine in den hochhackigen Stöckelschuhen immer noch schmerzen, während Lando-Frank angestrengt seinen Kopf über zahlreiche Unterlagen und Preislisten gebeugt hält. Er betreut gerade zwei Griechen, die an einer Abfüllmaschine für Kosmetika interessiert sind. Lando-Frank ist ansonsten eher in der französischen Sprache zu Hause, aber auf Messen muss man flexibel sein. Wenn jemand mit Englischkenntnissen gebraucht wird, muss man diese hervorkramen - egal, wie lange man kein Englisch mehr praktiziert hat.

Jessy wird jäh aus ihren Gedanken geschreckt, als ein attraktiver Mittvierziger sich auf einen der Barhocker vor ihr schwingt:

„Guten Tag! Sie sind wohl Frau Hartheimer?"

Freundlich fällt er beinahe mit der Türe ins Haus, sagt geradeheraus, wer sie ist, obwohl sie noch gar nicht weiß, wer er ist. Sie erinnert sich dunkel an seine Stimme, ja, die hat sie auch schon am Telefon vernommen. Er spricht gut Deutsch, aber man merkt am tiefen, dunklen Akzent, dass er kein Deutscher sein kann. Aber, woher kommt er?

„Ja, ich bin Frau Hartheimer!", antwortet sie und fügt clever hinzu:

„Was darf ich Ihnen zum Trinken anbieten, Herr...?"

Das „Herr" hängt in der Luft und schreit förmlich nach einer Ergänzung. Diese aber scheint er nicht wahrgenommen zu haben. Freundlich lächelnd meint er:

„Bei einer so charmanten Einladung kann ich natürlich nicht ablehnen! Könnten Sie mir eine Tasse Kaffee servieren?"

„Ja, natürlich!" Sie nimmt die Kanne mit dem herrlichen, würzigen schwarzen Getränk, und der Duft steigt in ihre Nase. Mechanisch stellt sie zwei Portionen Kaffeesahne in der praktischen Plastikverpackung zum Recycling auf die Untertasse, legt einen silbernen Kaffeelöffel aus blinkendem Edelstahl auf die andere Seite, stellt die Zuckerdose und Kaffeetasse mit Untertasse auf die Theke. Gerade vor ihren Gast.

Genüsslich öffnet er eine der Kaffeesahneportionen und gießt sie in das schwarze Getränk. Doch - was ist das? Die Sahne klumpt, obwohl das Verfallsdatum noch nicht überschritten ist. Der Kaffee des Herrn gleicht eher einem Himmel voller Meteoriten, die ungestüm umherschwirren, als einer gleichmäßig gefärbten Flüssigkeit, wie man es ansonsten von Milchkaffee gewohnt ist.

Jessy wird puterrot bis an die Ohren. Ach, ist das peinlich! Zum Glück ist ihr das bei Lando-Frank nicht passiert!

„Oh - entschuldigen Sie bitte!", stammelt sie, packt die Tasse viel zu hastig. Der Inhalt schwappt über, direkt auf ihre rechte Hand. Sie jault leise, unhörbar für die Menschenmasse in der Halle und auf dem Stand. Jedoch gerade noch hörbar für den aparten Herrn ihr gegenüber, der doch fast Richard Geres Bruder sein könnte.

„Das macht gar nichts!" Er ist sichtlich besorgt. „Oh - jetzt haben Sie sich auch noch meinetwegen die Finger verbrannt!" Sachte nimmt er ihre Rechte in seine Rechte, streicht über wunde Haut. Jessy presst die Zähne zusammen. Ui - das schmerzt wirklich! Sie ist plötzlich berührungsempfindlich geworden.

„Das wird schon wieder!" Sie nimmt ihren ganzen Mut zusammen, zieht eine neue Tasse mitsamt Unterteller hervor und gießt Kaffee hinein. Diesmal sehr, sehr vorsichtig.

„Ich brauche keine Milch!", tönt wieder die wunderbare Stimme von „Herrn Irgendwer" an ihre Ohren, und sie zerbricht sich zum x-ten Male den Kopf darüber, wer er denn sein könnte.

„Bitte!" Sie stellt die Tasse mit Kaffee sorgfältig vor ihn hin und eilt in die Küche, um sich kaltes Wasser über die verbrannte Hand laufen zu lassen. Hastig dreht sie den silberglänzenden Wasserhahn nach oben - doch zu viel Wasser strömt hinaus. Sie hastet zurück, aber dennoch trifft sie ein Strahl auf ihrer Bluse.

„Mist!", entfährt es ihr. „So kann ich nicht zurück hinter die Bar gehen!"

Siedend heiß fällt ihr ein, dass sie doch dorthin zurückkehren muss, da sonst niemand mit Getränken und kleinen Häppchen die Kunden verwöhnt. Sie zerrt ein rotweiß-gestreiftes Geschirrtuch aus einem Fach und presst es sich dorthin an die Stelle ihrer Bluse, die restlos vom Wasser durchtränkt wurde. Dann eilt sie nach draußen.

Ziemlich atemlos erreicht sie den Stand und bleibt erst einmal erschöpft stehen. Ihr droht, schlecht zu werden. Macht das die Hitze, oder rief dies der heiße Kaffee hervor, der über ihre Hand schwappte?

Herr „Irgendwer" nippt genüsslich an seinem Kaffee und betrachtet sie mit unverhohlener Besorgnis.

„Sie sind sehr bleich. Ist Ihnen nicht gut?"

Sie nickt, wortlos, fällt auf einen Stuhl und atmet tief durch.

Hastige Schritte nähern sich ihr, der Fremde steht auf einmal neben ihr, spreizt langsam ihre Oberschenkel und befiehlt ihr, ihren Kopf leicht über die nun entstandene Lücke zu hängen.

„Langsam atmen - nicht zu hastig!", hört sie seine Stimme, und plötzlich erkennt sie, wer hier hinter ihr steht. Otis Haegele, der Chefeinkäufer der Firma CUP & CLOSE aus Birmingham in England. CUP & CLOSE gilt als ein sehr guter Kunde von BOULANGER, und Otis Haegele bestellt immer die Ersatzteile für alle Maschinen telefonisch bei Jessy.

Jessy weiß nicht, welchen Anblick sie mit einem solch attraktiven Mann neben sich abgibt. Aber das ist ihr egal - ihr ist rasend schlecht, und sie wünscht sich an alle Plätze der Welt, nur nicht auf diesen Messetand. Dann packt sie das schlechte Gewissen gegenüber ihren Kolleginnen. Sie rackern sich ab, während sie - Jessy - über diesem Stuhl hängt und ihr dazu noch speiübel ist. Sie versucht, noch einige Male ruhig zu atmen, hofft, mit dem Atemzug ein Stück Gesundheit, ein Stück Wohlbefinden zu tanken. Doch das passiert nicht.

Herr Haegele steht immer noch hinter ihr, ruhig ruhen seine Hände auf ihren Schultern, und Jessy schießen folgende Gedanken durch den Kopf: „Wenn mich Herr Boulanger und Herr Dr. Feige in diesem Zustand sehen - was sollen sie von mir denken?"

Sie weiß nur zu gut, dass auch Frau Boulangers Blicke oft prüfend über den Stand gleiten. Die Mitarbeiter, die zu Messen mitgenommen werden und dort arbeiten dürfen, genießen ein besonderes Ansehen. Aber sie müssen regelrecht ackern und ständig lächelnd und freundlich sein. Umsonst gibt es nichts, und das ist auch bei BOULANGER der Fall.

Jessy rappelt sich auf, hält sich an der Theke fest. Sie stammelt ein leises „Es geht schon!" zu dem Mann rechts neben ihr, ringt sich zu einem Lächeln durch, obwohl ihr nicht danach ist. Dann erfasst sie im nächsten Moment ein Grauschleier, der immer dichter wird und sich wie ein Leichentuch über ihr Gesicht legt. Und sie merkt, wie sie schlapp wird - sie wehrt sich dagegen, hält sich krampfhaft an der Theke fest. Aber der Grauschleier ist stärker als sie und damit auch die Übelkeit.

Und so lässt sie sich einfach fallen - irgendwohin ins Nirwana. Dorthin, wo alles ruhig und gemütlich ist...

31. Kapitel

Laut lässt Monique die Türe ihrer Zweizimmerwohnung ins Schloss fallen. „Wieder ein Arbeitstag ohne die werten Kollegen überstanden, die die Kunden bespaßen!", schießt es durch ihr erschöpftes Gehirn.

Im Büro war mal wieder die Hölle los, Monique wurde gnadenlos mit Anrufen bombardiert, erzählte zahlreichen Kunden, dass die lieben Kollegen gerade auf dem Messestand weilten. Ob sie ihnen nicht die Telefonnummer des Standes geben solle? Einige Anrufer willigen ein, und Monique tut dies mit diebischer Freude. Ist doch egal, wenn auf dem Stand das Telefon schrillt! Was soll sie hier in Pappelgrubenhausen Großartiges ausrichten, wenn die „Crème de la Crème" der Verkaufsabteilung sowieso in Utrecht ist?

Erstaunlicherweise scheint jedoch ihr Abfluss wieder zu funktionieren. Aufatmend setzt sie sich auf den Badewannenrand und lässt ein leichtes Wasserrinnsal in den Abfluss sickern. Mühelos wird das Wasser aufgesogen - so, als habe es noch nie etwas anderes getan. So, als habe es hier an dieser Stelle noch nie einen verstopften Abfluss gegeben.

Dieser Abend jedenfalls ist gerettet! Monique fällt ein Riesenstein vom Herzen. Warum soll sie sich an diesem Abend zur Feier für einen freien Abfluss nicht einen „Cuba Libre" gönnen? Diesen Drink gibt es in einer fabelhaften Bar – gerade zehn Minuten von Moniques Wohnung entfernt.

32. Kapitel

Viele Arme ziehen Jessy hoch, als sie erwacht. Langsam kehrt wieder Leben in sie, und sie fragt sich, wo sie sich eigentlich befindet und was sie da tut. Und dann fällt es ihr siedend heiß ein: sie ist auf dem Messestand und hat sich wahrscheinlich gerade unsterblich blamiert.

Stimmen dringen an ihr Ohr, hastig ziehen besorgte Gesichter an ihr vorbei - Daphne, Dr. Feige, Frau Boulanger, Noelle und dieser nette Herr von gerade eben. Ach ja, richtig, er heißt Otis Haegele. Er scheint von allen am meisten Übersicht bewahrt zu haben, beruhigt alle Anwesenden und bietet an, sich um Jessy zu kümmern. Der Betrieb auf dem Messestand müsse ja weiterlaufen, man sei doch hier, um Geschäfte zu machen. Und solch ein kleiner Schwächeanfall, wie ihn Frau Hartheimer erlebte, könne ja mal passieren. Alles, was Frau Hartheimer jetzt brauche, sei Ruhe. Morgen werde sie natürlich wieder fit sein.

Jessy nimmt all diese Gespräche nur mit halbem Ohr wahr. Totenblass kauert sie auf dem Stuhl und versucht zu lächeln, kann sich aber nur zu einem matten Grinsen durchringen. Alles, was sie sich jetzt wünscht, ist ein kuscheliges Bett, in dem sie entspannen kann.

Herr Haegele führt sie vom Stand weg. Jessy atmet auf, als sie aus der Sichtweite der besorgten Blicke der Standanwesenden verschwinden. Wie selbstverständlich folgt sie Herrn Haegele zu einem Taxi, das sie beide zu seinem Hotel bringt.

Er schleppt sie in sein Zimmer, das schon beinahe wie eine Suite wirkt. Erstaunt nimmt Jessy die rosa Samttapete in sich auf, das weiße Lackbett, auf das Herr Haegele sie vorsichtig legt. Dann hält er ihr den Messbecher einer Medizinflasche unter die Nase.

„Etwas für den Kreislauf. Trinken Sie!"

Sie leert den Becher gehorsam, er stützt sanft ihren Kopf wie den eines Kindes. Dann lässt sie sich fallen und schläft ein. Das letzte, was sie sieht, ist Otis Haegele, der auf einem der weinroten Samtsessel Platz genommen hat und irgendetwas in sein Smartphone tippt.

Sie weiß nicht, wie lange sie geschlafen hat, weil sie durch ihre Ohnmacht jegliches Zeitgefühl verloren hat.

Als sie aufwacht, zeigt ihre Armbanduhr halb fünf Uhr am Nachmittag.

Erschreckt schaut sie auf Otis Haegele, der starr wie eine Marmorstatue noch immer im Sessel sitzt und irgendetwas auf seinem Smartphone liest.

„Du liebe Zeit, jetzt habe ich aber Ihren Nachmittag verdorben! Wollten Sie nicht noch durch die Messe gehen?"

„Ich war doch beinahe fertig damit!" Er lächelt, und sie merkt wieder, wie unverschämt attraktiv er wirkt. Irgendwas Erotisches strömt er aus - es kann doch nicht an den grauen Schläfen liegen, die das dunkelbraune Haar beinahe würdevoll schmücken. oder an seinem schmalen Gesicht, den ebenmäßigen weißen Zähnen oder der schlanken, sehnigen Statur? Sie findet keine Antwort darauf. Wahrscheinlich ist er mindestens zehn Jahre älter als sie - wer weiß?

„Ich denke, ich sollte bald in mein Hotel zurückkehren!", bemerkt sie. „Ich halte Sie nur auf!"

„Das tun Sie ganz und gar nicht!" Er steht auf, kommt auf sie zu.

„Schon immer einmal wollte ich Sie kennen lernen, weil ich Ihre Stimme am Telefon so sympathisch fand! Aber, dass ich bei unserer Begegnung in Ohnmacht falle ..." Sie hält die Hand vor den Mund, unterdrückt ein Kichern.

„Das macht nichts - ein kleiner Schwächeanfall kommt immer vor!" Er setzt sich neben sie, die Hände würdevoll auf seinem Schoß. Jessy wünscht inniglich, seine Hände würden über ihre Haare streichen. Er riecht so gut - total nach Mann, atemberaubend erotisch! Welches Parfüm er wohl trägt?

„Trotzdem - es ist mir so peinlich!" Sie leckt ihre Lippen, stützt sich auf zum Sitzen und starrt ins Leere. „Wissen Sie, ich wollte heute Abend etwas erleben. So wie meine Kolleginnen ..."

Er runzelt die Stirne, sieht ihr geradewegs in die Augen.

„Ich verstehe Sie nicht ganz. Erleben Sie nicht genug während des Messetages? Die viele Arbeit, dann gehen Sie abends noch aus ..."

„Das ist nicht alles, was man auf dieser Messe erleben kann, verstehen Sie?" Sie blickt ihn verzweifelt an, das Wort „Sex" will nicht so recht über ihre Lippen kommen. „Daphne und Noelle durften noch ..."

Er nickt und zieht hörbar die Luft ein.

„Und Sie denken jetzt, Sie hätten etwas verpasst und seien zu kurz gekommen."

Sie nickt.

Jetzt streicht er ihr langsam über die Haare, spielt mit ihren Strähnen.

„Es ist noch nicht aller Tage Abend", raunt er. „Aber Sie sollten sich noch schonen!"

Sie schließt die Augen und nickt. Und dann streicht sie über seine Haare, inhaliert seinen männlichen Duft wie eine Ertrinkende. Sie spürt seine Lippen an ihren Ohrläppchen und an ihrem Hals. Wohlig stöhnt sie auf, und findet es nur zu natürlich, als er sie leidenschaftlich auf den Mund küsst. Seine gierigen Hände gleiten in ihren Ausschnitt und streicheln ihre samtig weichen Rundungen.

„Wollen Sie mehr?" Er hält inne.

Ja!", haucht sie.

Sie sieht, wie er die Anzugjacke ordentlich über die Sessellehne hängt und sich seiner Krawatte und seines Hemdes entledigt. Zuletzt streift er die schicke Anzughose von seinen Beinen.

Sie quält sich unterdessen aus ihren engen Hosen und zieht auch die Bluse aus. Nur noch die Reizwäsche behält sie an. Heute endlich scheint es Sinn zu machen, dass sie diese angezogen hat.

Otis Haegele nähert sich ihr mit einer Flasche Babyöl.

„Sie sollten sich ein bisschen entspannen. Legen Sie sich auf den Rücken und genießen Sie einfach!"

Sie nickt und legt sich folgsam hin.

Langsam entkleidet er ihren Oberkörper, zieht das mit Spitzen besetzte Unterhemd über ihren Kopf und öffnet behutsam den Büstenhalter. Sie lässt alles mit sich geschehen und genießt es, als seine Küsse ihr Gesicht und ihren Hals bedecken, als seine Zunge an ihren Ohrläppchen knabbert und sich sein Mund schließlich auf ihrem Brustkorb bewegt. Zunge und Zähne spielen abwechselnd mit ihren Brustwarzen. Jessy stöhnt wohlig auf, als er schließlich ausführlich daran saugt.

Er streift ihre Unterhose hinunter und massiert mit Massageöl gecremten Händen ihren Schoß.

„Entspannen Sie sich - einfach fallen lassen!", flüstert er betörend wie ein Hypnotiseur. Seine linke Hand ruht auf ihrem Venusberg, die rechte massiert das Öl gleichmäßig in die Haut.

Hörbar vor Erregung zieht sie die Luft ein, und er streicht mit einer Hand über ihre Schamhaare, Abwechselnd mit beiden Händen zupfen Daumen und Zeigefinger vorsichtig daran.

Er spürt ihre leichte Erregung, spürt, wie elektrisiert sie ist. Seine Hände spielen noch immer mit den Schamhaaren und bewegen sich auf die Schamlippen zu.

Jessy stöhnt. Er hält inne.

„Sagen Sie, wenn es genug ist. Sie sollen sich erholen und nicht eine neue Ohnmacht erleben."

Sie schluckt und schüttelt mit geschlossenen Augen heftig den Kopf.

„Nein, machen Sie weiter. Alles ist so herrlich erregend - einfach wunderbar!"

Jessy spürt, dass sie unten nass wird. Du meine Güte, wie ist das erregend! Er könnte die ganze Nacht so weitermachen! Sie spürt, wie er ihre Knospe, die Klitoris, entdeckt hat und diese mit dem Mittelfinger langsam umkreist. Das Massageöl mischt sich mit dem Nass aus der Scheide zu einer köstlichen Flüssigkeit der Lüste.

Einige Minuten lang kreist einer oder mehrere Finger langsam mal in die eine, mal in die andere Richtung. Otis merkt, wie sich unmerklich einige Muskeln in dieser Körperregion zusammenziehen. Und jetzt weiß er, dass Jessy von der völligen Ekstase der süßen Lust nicht mehr weit entfernt ist. Verführerisch gleitet sein Daumen die inneren Schamlippen hinauf und hinab, wieder hinauf und hinab. Und dies einige Male. Dann neckt er sie leicht mit seinem Daumen - bei jeder Abwärtsbewegung baumelt der Daumen sanft in Jessys Scheide, taucht kurz in ihre Flüssigkeit und verschwindet dann wieder. Neckend, spielerisch – erregend – um dann dasselbe Spielchen zu wiederholen.

Jessy grunzt zufrieden. Otis spielt mit ihr, neckt sie, gestaltet das verführerischste und intensivste Vorspiel, das sie je erlebte! Wie waren doch all ihre vorherigen Liebhaber phantasielos! Es scheint fast, als habe ihr Körper auf diesen heutigen Abend gewartet. Sie spürt Otis' Daumen ganz in sich - einige zärtliche Sekunden lang.

„Ich glaube, ich erhole mich schon ganz gut!", raunt sie und lächelt hinreißend. „Bitte hören Sie nicht auf!"

Otis Haegele schmunzelt, seinen Daumen noch immer in ihr. Wie zart und rosig sie ist - jung und unverbraucht! Seine Lust auf sie wächst mit jeder Minute.

Er holt seinen Penis aus der Hose. Ein Penis, groß und lang und steif. Steif wie ein Stock. Es dauert nur einen Ruck, bis er in ihr ist. Stoßweise bewegt er sich in ihr auf und ab. Jessy fühlt, wie warmes Sperma in sie eindringt, jede Pore ihres Körpers zu erfassen scheint. Wohltuend und warm und angenehm. Herrlich angenehm.

Danach zieht er sein Geschlechtsteil wieder aus ihr heraus. Viel zu schnell aus ihr heraus, denkt Jessy, sagt aber nichts. Es ist so, als ob man einen Stecker zu schnell aus einer Steckdose zieht, weil ein Gewitter naht und man sicher gehen will, dass ein Elektrogerät nicht vom Blitz getroffen werden kann.

Jessy haben ihre Gefühle für Otis Haegele allerdings wie ein Blitz erfasst und sie ist traurig, dass der Orgasmus so schnell vorbei ist.

Otis Haegele geht ins Badezimmer, Jessy hört, wie er dort nach etwas sucht.

Er kehrt wieder zurück und beugt sich über ihren Rücken.

„Wie fühlen Sie sich?"

Sie spürt das sanfte Prickeln des Massageöls auf ihrer Haut und erschauert wohlig.

„Ganz gut - bis jetzt!"

„Dann entspannen Sie sich wieder - genießen Sie einfach!" Seine starken, festen Hände massieren mit kreisenden Bewegungen das Öl in ihre Haut, sein Daumen gleitet jeden Wirbel entlang nach unten. und dann noch einmal.

Er knetet ihre Pobacken, was nicht nur sie erregt. Dann spreizt er ihre Beine, sie liegt da wie eine Schere. Er setzt sich zwischen beide Beine, massiert ihre Ober- und Unterschenkel mit absoluter Hingabe.

Sie schnurrt wie eine zufriedene Katze. Wenn er jetzt wieder in sie eindränge, sich in ihr ergösse, sie die Leiter der absoluten Lust hinauf jagen könnte! Das wäre das „Tüpfelchen Auf dem I", das Allergrößte - aber sie bleibt ihren Prinzipien treu: Sie will nicht betteln, obwohl sie innerlich heiß ist vor Erregung und brodelt wie ein Orkan.

Dann spürt sie seine gierigen Lippen auf ihrem Rücken. Er küsst jede Rippe, jeden Wirbel, er küsst jede Pobacke. Sein Mund gleitet hinunter auf ihre Schenkel, er küsst sie bis zu den Kniebeugen. und wieder spürt sie seinen Finger in ihrer Scheide, er prüft ihre Nässe.

Plötzlich spürt sie, wie er ihr Becken hochhebt wie eine leichte Feder. Er sitzt in ihrer Schere, sie spürt etwas Hartes.

Er nimmt Frauen gerne von hinten, der Blick von prallen Damenhintern erregt ihn ungemein. Und so tut er es auch mit Jessy. Leicht, aber sicher, hat er ihre Oberschenkel umfasst, und Jessy spürt nur einen schnellen Ruck, als er sich schließlich von hinten in sie schiebt.

Seine Hände pressen kurz ihre Pobacken zusammen, fassen dann wieder ihre Hüften und halten diese fest, als er sich in ihr gleichmäßig auf und ab bewegt. Wie ein Sportler auf einer Rennbahn. Einer Rennbahn der sexuellen Ekstase.

Du liebe Zeit, wie hat Otis Jessy rasend gemacht! Sein keuchender Atem feuert sie an, ihre Hände krallen sich in die dichten Daunenkissen, als sie beginnt, sich seinem Rhythmus anzupassen. Auf und ab - immer wieder. Es dauert nicht lange, bis sie wieder einen sexuellen Höhepunkt erlebt und er sich erneut in sie ergießt - herrliches warmes Sperma, das jede Pore ihres Körpers zu durchdringen scheint - mit intensiver Wärme - endlich - endlich - endlich!!!

33. Kapitel

Unruhig tigert Noelle im Hotel „Brijkhusen - ahoi!" umher. Das Rendezvous mit dem Amerikaner Darwin Yorker der Firma PUNCH-BOWL Ltd. verflog schneller, als gedacht. Er lotste Noelle in sein Hotelzimmer, besamte sie nach der „Rein-Raus-Methode" und komplimentierte sie schnell wieder hinaus. Anschließend hetzte er zum nächsten Termin - einem sexuellen Meeting mit einer Dame von einem Konkurrenzstand.

Noelle schmollt vor sich hin - Darwin Yorker sprintete mit seiner Männlichkeit schnell wie ein Jäger in sie hinein, jagte sie dann über den „Tour d'Orgasm" und zog „sein Ding" dann wieder aus ihr wie den Stecker von der Weihnachtsbaumbeleuchtung. Dabei war Noelle noch gar nicht gekommen – ihr sehnlicher Traum vom wundervollen Orgasmus platzte wie eine Seifenblase. Sie findet es ungerecht, nur die Ekstaseleiter hinauf geprescht zu sein, ohne den Höhepunkt zu erleben.

Und nun watschelt sie durchs Hotel, klopft an die Hotelzimmertüren von Klaas, Helge und Thordes und schließlich Lando-Frank. Ohne Erfolg - die Herren sind ausgeflogen.

Noelle schmollt erneut. Wer rast mit ihr jetzt zum sexuellen Höhepunkt? Vielleicht sollte sie sich in der Disco einen Mann aufreißen? Das Hotel scheint leer, und nach einem biederen Abend mit einem Buch oder vor dem Fernseher steht Noelle nicht der Sinn. Sie streift sich ihr kokettes kornblumenblaues bauchfreies Jäckchen über und geht nach draußen.

Wachsam wandert sie durch Brijkhusen, ihre Blicke gleiten über die Leuchtreklamen, bleiben an gespenstisch wirkendem Fachwerk hängen. Plötzlich blitzt das Emblem „Oldie Light" auf - ist das wohl eine Disco? Neugierig stapft Noelle hinein - und wird belohnt! Beglückt zahlt sie acht Euro Eintritt, darin ist ein Freigetränk enthalten.

„Verdammt - ich lieb' dich!" von Matthias Reim dröhnt ihr in Megalautstärke entgegen, als sie in den in blaues Licht getauchten Raum tritt. Die Rhythmen fliegen ihr hier noch lauter um die Ohren, Rauchschwaden hängen in der Luft.

Noelle tastet sich zu einem freien Platz. Doch - wer ist das?

Mit entrücktem Blick sitzt Lando-Frank ihr gegenüber und starrt sie an.

„Was tust du hier?"

„Wie bitte?", schreit sie, denn sie versteht keinen Ton.

„WAS TUST DU HIER?" Noelle meint, ihr Trommelfell zerspringe in tausend Einzelteile, als ihr Lando-Frank seine Frage ins Ohr brüllt.

„ES WAR LANGWEILIG IM HOTEL - KEIN MENSCH DA - ALSO HABE ICH EINE DISCO GESUCHT!" Ihre Stimme kratzt, sie hustet.

Lando-Frank schweigt. Was soll er auch sagen? Eigentlich wollte er alleine hier sitzen, seinen Gedanken nachhängen und der Musik lauschen.

Noelle bestellt eine Weißweinschorle, nippt daran und beobachtet Lando-Frank. Er schlürft sein Bier schluckweise und wischt sich den Schaum vom Mund. Musikfetzen von „Marmor, Stein und Eisen bricht", „Wind of Change" und „Say, I'm your number one" preschen in ihre Gehörgänge - kratzend und beinahe unkenntlich durch die Lautstärke. Zwischen den Titeln blökt ein Discjockey in das Mikrofon und kommentiert die Musik oder die Hüpfdarbietungen einiger Teenies auf der Tanzfläche.

Schweigend sitzen sich Noelle und Lando-Frank eine halbe Stunde gegenüber, während Musik um ihre Ohren knallt. „Jetzt könnte man sich endlich mal in Ruhe unterhalten", denkt Noelle, aber die Musik ist zu laut. Dann überlegt sie sich, ob sie tanzen soll. Aber viele Titel gefallen ihr nicht, dann wippen zu viele Teenies auf der Tanzfläche, oder gar niemand tanzt. Und alleine wagt sich Noelle doch nicht auf die Tanzfläche.

Während Noelle alle Für- und Wider-Argumente durchkaut und Lando-Frank eher gelangweilt in sein Bier stiert, nähert sich eine schwarz gekleidete Frau ihrem Tisch. Sie schüttelt abfällig ihre schwarze Lockenmähne und beugt sich hinunter:

„He - ihr beiden Trauertüten! Wenn man euch sieht, könnte man wirklich wehmütig werden! Habt ihr wohl Ladehemmung?

„WIE BITTE?", brüllt Noelle die Schwarzlockige an, denn dank des lauten „Über den Wolken" von Dieter-Thomas Kuhn verstand sie das Gesagte nicht.

Die Angesprochene beugt sich zu Noelle und schreit ihr ins Ohr:

„WAS IST DENN LOS MIT EUCH BEIDEN? IHR SITZT DA WIE ZWEI TRAUERTÜTEN - RICHTIG SCHWERMÜTIG! HABT IHR LADEHEMMUNG ODER SONST EIN PROBLEM?"

Noelle schauert. Wahrscheinlich ist gerade ihr Trommelfell geplatzt.

„WAS - LADEHEMMUNG? WIESO DENN DAS?"

„NA - IHR BEIDEN MACHT EIN GESICHT, ALS WOLLTET IHR UND KÖNNTET NICHT!"

„WAS?"

Die Schwarzlockige bewegt sich nicht von der Stelle und gibt ihren Senf gnadenlos zum Besten:

„NA, ICH FINDE, FÜR EUCH BEIDE LOHNT SICH DOCH DER DISCOBESUCH NICHT! WARUM TANZT IHR NICHT WENIGSTENS?"

„Okay!" Noelle gibt sich geschlagen und linst zu Lando-Frank, der nur die Hälfte des Gesagten mitbekommen hat. Sie wiederholt alles erneut, und er zuckt nur mit den Schultern:

„Sie kann doch in eine andere Ecke des Raumes gehen, wenn ihr unser Anblick nicht passt!" Unwirsch blickt er in die Richtung der Dame, die so jäh in ihrer beider Stille und Gedankengänge einbrach.

Noelle beschließt, um des lieben Friedens willen, ihren „inneren Schweinehund" zu überwinden und springt auf die Tanzfläche. Der Song „Jenseits von Eden" hat ihr zwar noch nie gefallen, aber folgsam schlenkert sie mit den Armen zu der Musik und bewegt ihren Po hin und her.

Die Schwarzlockige lächelt ihr ermutigend zu und ist wenig später neben ihr.

„Na - siehst du, es geht doch!", grinst die Schwarzlockige.

Noelle nickt. „Sag' mal, machst du alle Discobesucher so an?" fragt sie weiter.

„Mmmh ..." Die Schwarzlockige weiß nicht so recht, was sie sagen soll. „Ihr beide saht wirklich zu traurig aus, das ging mir ans Herz ..."

Noelle wippt weiter, vergisst jedoch zu fragen, was die Dame mit „Ladehemmung" gemeint hat. Als sie an ihren Platz zurückkehrt, ist Lando-Frank verschwunden. Dieser Feigling! Sein Bier hat er noch ausgetrunken, anschließend flüchtete er, ohne ihr „ade!" zu sagen!

Nachdenklich stiert Noelle in ihre Weißweinschorle und im Raum umher. Dieser füllt sich langsam, die Luft wird noch rauchgeschwängerter, und außerdem bekommt Noelle von den lauten Rhythmen langsam aber sicher Kopfschmerzen. Sie fühlt sich, als habe man in ihrem Gehirn ein Steinkohlebergwerk eröffnet, in dem zahlreiche Hämmer unerbittlich Kohle fördern.

„ICH HABE KOPFWEH!", verabschiedet sich Noelle artig von ihrer neuen Bekannten und flüchtet aus der Disco. Draußen atmet sie tief durch - welch' köstliche, rauchlose Luft! Zügig strebt sie ins Hotel und steuert auf ihr Zimmer zu.

Erst zehn Uhr. Eigentlich könnte man aus dem Abend noch etwas machen. Mutig klopft sie an Lando-Franks Zimmertür.

„Ja - bitte?", klingt eine matte Stimme von drinnen. Noelle drückt die Klinke hinunter und tritt ein. Lando-Frank räkelt sich in seinem Bett.

„Oh - ich wollte nicht stören!" Erschreckt hält sie ihre Hand vor den Mund. „Ich wusste nicht, dass du schon schläfst!"

„Ich schlafe doch nicht!"

Sie betrachtet ihn - ein Mann in höchster Vollendung mit Muskelansätzen wie Arnold Schwarzenegger. Er ist zwar glücklich mit Angelika - aber vielleicht doch nicht so richtig?

„Was willst du?", fragt er ungeduldig. „Komm' her, oder verschwinde wieder!"

Sie ignoriert seine Ruppigkeit, nähert sich ihm und setzt sich auf die Bettkante. „Ich hatte heute irgendwie keinen zufriedenstellenden Abend ..."

„Keinen zufriedenstellenden Abend?" Er setzt sich langsam auf.

Und dann trifft es Noelle wie ein Blitz aus heiterem Himmel. Natürlich - das ist es! Ladehemmung!

„Ich glaube, ich hatte einfach Ladehemmung!", flüstert sie lächelnd und zieht ihn zu sich her. Er lässt es wunderbarerweise geschehen, und ihre beiden Lippen verschmelzen zu einem innigen Kuss.

„Ich habe gar nicht gewusst, dass du so hinreißend küssen kannst!" Er streichelt ihre Brüste.

„Und ich habe gar nicht gewusst, was für ein Kuschelbär du bist!" Gierig küsst sie ihn wieder, taucht ihre Zunge in seinen Mund und fängt an zu saugen. Unwillkürlich verschlingen sich ihre Körper ineinander, Lando-Frank zupft ihr Unterhemd aus der Hose, seine Hand wandert unter ihren Büstenhalter und knetet ihre Brüste.

Sie fasst seinen Penis und reibt daran. Irgendwann winden sie sich in den Kissen, entdecken stöhnend und keuchend ihre beiden Körper und schreiten dann schließlich zum Höhepunkt.

Noelle ist selig, als Lando-Frank in sie eindringt und sie wie selbstverständlich vögelt. Und sie ist selig, als sie endlich kommt und ekstatisch „ja - ja - jaaaaaaaah!" in den Raum kreischt.

34. Kapitel

Thordes und Klaas stromern alleine durch Utrecht. Sie wollen einen typischen Männerabend erleben. Die Kolleginnen haben eh keine Zeit – und warum soll man nicht mal etwas Neues ausprobieren?

„Ich habe gehört, dass es ein Sexpuppen-Bordell geben soll!", versucht Thordes, seinem Kollegen den Ort, zu dem er gehen will, schmackhaft zu machen. „Ich finde, wir sollten uns das mal ansehen."

„Ein Sexpuppen-Bordell? Was soll denn das sein?" Klaas ist erstaunt.

„Lass dich überraschen. Ich war selbst auch noch nicht dort. Die Information, dass es in Utrecht eines gibt, habe ich aus dem Internet." Thordes packt seinen Kollegen am Ärmel und gemeinsam suchen sie die Arbeijten-Straat, in der offensichtlich ein solches Etablissement zu finden sein soll.

Und tatsächlich. Da ist es. Ein altes Fabrikgebäude, unscheinbar. Rote Backsteine. Dass dort drin etwas sein muss, sieht man an der Bezeichnung „Bellissima Luna" und an dem Licht, das durch manche Zimmerfenster auf die Straße strömt.

Sie betreten die Eingangshalle, die erstaunlich luxuriös ist. Roter Teppichboden, Kronleuchter, Samttapeten. Eine stark geschminkte Blondine begrüßt die beiden Männer:

„Willkommen hier in unserem Bordell der ganz speziellen Art! Wir bieten Puppen aus Silikon, wohlgeformte und reizvolle Gestalten, die fast alles mit sich machen lassen. Pro Stunde kostet das 60 Euro! Und nach jedem Kunden werden die Puppen penibel von uns gereinigt. Wir stellen also unseren Kunden einwandfrei saubere Puppen zur Verfügung! Na, haben Sie Lust?"

„60 Euro, um mit Puppen zu spielen!" Klaas rümpft die Nase. „Ist das nicht ein bisschen viel Geld?"

„Sie verstehen unser Prinzip nicht!" Die Blondine ist beleidigt.

„Von verstehen kann hier nicht die Rede sein!", versucht Thordes einzulenken. „Wir können uns das alles noch nicht vorstellen."

„Okay, ich mache Ihnen ein Angebot!" Die Blondine zeigt sich verhandlungsbereit. „Sie dürfen beide eine Puppe eine Stunde lang ausprobieren. Und das kostet 60 Euro. Damit Sie ein Gefühl für die Puppe bekommen und ein bisschen Erfahrungen sammeln!"

Bei so viel Entgegenkommen können Klaas und Thordes nicht nein sagen – also akzeptieren sie. Sie unterschreiben einen Mietvertrag für die Puppe Linn in Zimmer 16 für eine Stunde, bezahlen 60 Euro im Voraus und bekommen einen Zimmerschlüssel.

Angekommen in Zimmer 16 räkelt sich die schwarzhaarige Puppe Linn in einem Sessel – und jetzt können Klaas und Thordes sich an ihr austoben.

„Wer kommt zuerst dran?", fragt Klaas seinen Kollegen. Am liebsten würde er zuerst die Puppe erforschen. Denn noch ist sie frisch desinfiziert und gereinigt und Thordes hat mit seinen Wurstfingern noch nicht an ihr herum gegrapscht.

„Hmm...", meint Thordes in Gedanken versunken. „Mache du erst mal – und ich schaue dir zu!"

Ein Zuschauer? Das ist nicht das, was Klaas beim Sex haben will. Auch nicht mit einer Puppe. Andererseits will er nicht viel Zeit verplempern. Er und Thordes haben ja nur eine Stunde Zeit.

„Einverstanden!", antwortet Klaas, hebt die Puppe vom Stuhl und schleppt sie zum Bett, auf dem eine dunkelrote Steppdecke liegt. Mit ihren Spitzen sieht diese

Decke ziemlich historisch aus – ein Relikt aus den 1930er-Jahren, vermutet Klaas. Er berührt den Busen von Puppe Linn, der in Reizwäsche, ebenfalls mit Spitzenbesatz, steckt. Der Busen ist angenehm lauwarm. Das Material Silikon, aus dem die Puppe ist, fühlt sich gut an beim Berühren. Allerdings sagt die Puppe nichts, daran muss sich Klaas noch gewöhnen.

Klaas zieht das Hemd der Puppe nach oben und blickt auf einen makellosen Silikonkörper. Schlank, ohne jegliche Hautunreinheiten. Sanft fassen Klaas' Hände beide Brüste der Puppe und hauchen Küsse darauf. Langsam bewegt sich sein gieriger Mund nach unten, seine Hände greifen in den spitzenbesetzten Slip der Puppe und bewegen sich im Schambereich.

Die Puppe hat tolle schwarze Schamhaare, allerdings fehlt die Klitoris. Ein Manko, findet Klaas, sagt das aber nicht laut.

Zwei seiner Finger landen in der Scheide der Puppe, der weit genug ist, dass sein erigierter Penis problemlos hineinpasst. Er aber will ein ausführlicheres Vorspiel haben, stöhnt laut und streichelt Linns Schamhaare.

Klaas befreit seine Männlichkeit aus seiner Hose, zieht ein Kondom darüber und schiebt seinen Penis in die Scheidenöffnung der Puppe. Das geht einfach. Durch ein schnelles Auf und Ab erlebt Klaas auch sehr schnell einen Orgasmus.

Danach legt er sich beglückt und erschöpft zur Seite und streicht über Linns schwarze Haare.

„Geschafft!", ruft er begeistert.

Thordes hat dem ganzen Spielchen zugesehen. Diskretion liegt ihm nicht. Schließlich wollte er ja auch lernen, wie man den Sex mit Puppen gestalten kann.

„Wir haben nicht mehr viel Zeit!", sagt er zu seinem Kollegen. „Komm, lass mich jetzt ran!"

Klaas schaut auf die Uhr. „Was redest du denn? Ich war total schnell! Wir haben noch 40 Minuten mit Linn!"

Thordes sagt gar nichts, setzt sich auf das Bett und ergreift die Brüste der Puppe. Schön fühlen sie sich an, nur schade, dass sie sich nicht bewegen. Er streichelt über die Wangen der Puppe und befühlt ihren Mund. Schade, dass sie nicht reden kann – und überhaupt nicht reagiert. Aber es war ja seine Idee mit dem Puppensex – und da muss er jetzt durch. Die Puppe Linn ist schön, das muss er zugeben, aber irgendwie leblos. Fast wie tot. Er fummelt an seinem Hosenreißverschluss herum und zieht seinen Penis heraus.

‚Wie stimuliert man sich mit einer leblosen Puppe?‘, fragt er sich in Gedanken.

Er fasst wieder Linns Brüste und reibt an seinem Penis. Aber dieser bleibt schlapp.

Seine Hände wandern langsam von Linns Brustkorb zu ihren Schamhaaren. Diese wirken so wie bei einer echten Frau. Aber wo ist die Klitoris? Schade, nicht vorhanden. Dafür gibt es ein großes Loch, das die Scheide sein soll. Als er mit den Fingern hinein fasst, erregt ihn das auch nicht.

Ratlos sieht er Klaas an.

„Irgendwie klappt es bei mir nicht!"

„Du bist zu ungeduldig!", ermuntert ihn sein Kollege. „Probiere es einfach nochmals!"

Das macht Thordes auch. Er streichelt den Körper der Puppe und versucht dabei, an Sex zu denken. Doch sein Penis bleibt schlapp.

Vor dem Bett gibt es einen Fernseher mit einem Blu-Ray-Spieler. .

„Vielleicht gibt es hier Sex-DVDs!", sagt er laut zu Klaas.

Klaas schaltet den Fernseher ein und kramt in den herumliegenden DVDs und Blu-Rays. Tatsächlich handelt es sich hier um Sexfilme. Klaas entscheidet sich für den Film „Sex in Lederhosen" und legt ihn in den Blu-Ray-Spieler.

Der Film kommt gleich zur Sache. Eine nackte Frau vergnügt sich mit einem angezogenen Senner auf einer Alm. Sie begrapschen sich, sie rammeln und stöhnen laut. Auf einmal beginnt Thordes, heftig zu schnaufen und reibt an seinem Penis.

„Oh – oh – oh!", schreit er, rammt seinen Penis in Linn und vergießt sein Sperma in sie. Anschließend liegt er abgekämpft, aber glücklich auf dem Bett.

„Jetzt hast du die Puppe schmutzig gemacht!", beschwert sich Klaas. „Ich habe extra ein Kondom verwendet, und du..."

„Das macht doch nichts!", bemerkt Thordes unwirsch. „Hast du nicht gehört, was die Dame am Empfang gesagt hat? Die Puppen werden nach dem Sex wieder sauber gemacht. Also – kein Problem!"

„Na ja, aber ich wollte nochmals mit der Puppe vögeln..."

„Du wolltest nochmals vögeln? Wir haben nur noch fünf Minuten – unsere Stunde ist bald vorbei!", meint Thordes und zieht sich hastig an. Autsch – und vor lauter Hektik verfangen sich einige seiner Haare rund um seine Männlichkeit im Reißverschluss der Hose.

Was macht er jetzt?

„Da haben sich einige Haare im Reißverschluss verfangen!", gesteht er verschämt seinem Kollegen. „Kannst du mir nicht helfen, die Haare wieder herauszubringen?"

Klaas lässt sich das nicht zweimal sagen. Er zieht und zerrt an Thordes' Reißverschluss. Aber dadurch wird die Situation nicht besser.

„Man müsste die eingeklemmten Haare abschneiden, dann gäbe es eine Chance, deine Männlichkeit und deine Hose zu retten", meint er trocken. „Hast du denn keine Schere dabei?"

„Nur im Hotel", antwortet Thordes kleinlaut.

Thordes wickelt sich seine Jacke um die Taille und bindet sie an den Ärmeln zu. So kann man seine missliche Situation in der Hose nicht erkennen.

Klaas und er streben dann dem Ausgang zu, geben noch den Zimmerschlüssel am Empfang ab und verschwinden aus dem Sexpuppen-Bordell.

Im Hotel verschwinden sie in Thordes' Zimmer. Mit Thordes' Nagelschere schneidet Klaas die eingeklemmten Haare seines Kollegen ab. Danach gilt es, den Reißverschluss wieder vorsichtig zu öffnen. Ohne Schmerzen funktioniert das nicht, aber immerhin nimmt Thordes' Penis keinen Schaden.

Seine Hose benötigt allerdings einen neuen Reißverschluss, da dank der eingeklemmten Haare der jetzige nicht mehr einwandfrei funktioniert. Den neuen Reißverschluss wird sich Thordes in Pappelgrubenhausen bei einer Änderungsschneiderei annähen lassen.

Über das Sexpuppen-Bordell haben sich Klaas und Thordes nicht mehr unterhalten.

35. Kapitel

So gut hat sich Jessy schon lange nicht mehr gefühlt! Wohlig räkelt sie sich in den weichen Daunendecken.

Zuerst der unvergessliche Orgasmus mit Otis Haegele, anschließend lud er sie noch zum Essen in seinem Hotel ein, dann kehrten sie wieder in sein Zimmer zurück und steigerten sich nochmals zur absoluten Lust.

Schließlich blieb sie ganz in seinem Bett und kehrte für diese Nacht nicht ins Hotel „Brijkhausen - ahoi!" zurück. Den Kollegen wird erst beim Frühstück auffallen, dass Jessy die Nacht anderswo verbracht hat. Aber - was soll's?

„Du hast mich gestern unglaublich glücklich gemacht!" Lächelnd krault sie seine dunklen Brusthaare.

Er streicht sanft durch ihre Haare und drückt ihre einen Kuss auf die Wange.

„Das freut mich - habe ich gerne getan! Und, wie fühlst du dich heute? Immer noch Anzeichen von Schwindel oder Kreislaufschwäche?"

„Ganz und gar nicht! Ich könnte Bäume ausreißen!"

Ganz zwanglos sind sie unterdessen zum „Du'" übergegangen - warum auch nicht, wenn man körperlich so gut harmoniert?

„Wir haben noch Zeit bis zum Frühstück!" Versonnen spielt er mit ihren Brustwarzen und küsst sie. „Natürlich werde ich dich direkt zum Messestand bringen!" „Wirst du heute Abend zur 'Riverboat-Party' erscheinen?"

„Natürlich komme ich!" Und danach? Darüber zerbricht er sich schon eine Weile lang den Kopf. Er ist geschieden, Shelagh und er hatten sich irgendwann nach neun Jahren Ehe auseinandergelebt. Schuld daran waren vielleicht auch seine ausgiebigen und langen Geschäftsreisen. Nun liegt er hier nackt neben einem blutjungen Ding, das beinahe seine Tochter sein könnte!

„Ich freue mich schon darauf!" Sie kuschelt sich in seine Armbeuge wie ein Kätzchen und schließt die Augen. Möge doch dieser Augenblick nie vorübergehen!

„Möchtest du einen kleinen Aperitif - vor dem Frühstück? Wir haben Zeit!", raunt er zärtlich in ihre Ohren und knabbert an den Ohrläppchen.

„Aperitif? Ich verstehe nicht ganz!"

„Dummchen!" Wieder küsst er sie am Hals, zieht die Bettdecke fort und entblößt seinen eindeutig stehenden Penis. „Siehst du, wie gierig er ist?"

„Ich verstehe!" Lachend stellt sie sich im Vierfüßerstand auf diesen wahnsinnig erotischen Mann und kitzelt leicht mit ihrer Zunge seine Genitalien.

Zufrieden grunzt er. Sie fasst seinen Penis, schlank und anmutig. Sie zieht die Vorhaut zurück und steckt ihn dann in den Mund. Ihre Zunge neckt ihn, streichelt ihn, die Zähne streifen ihn. Anschließend zieht sie langsam die Vorhaut rauf und runter - und merkt, wie Otis' Männlichkeit sich versteift.

Er keucht vor Erregung, zieht die Luft ein. „Bleibe bitte in dieser Position!"

Sie nimmt seinen Penis aus dem Mund, als sie merkt, dass Otis sich bewegt. Sie spürt seinen Kopf unter sich, spürt, wie er abwechselnd an ihren herabhängenden Brustwarzen saugt und sanft beißt.

Meine Güte - was für ein unglaubliches Gefühl! Sie keucht, als sie merkt, wie hart ihre Brustwarzen werden, wie die Nässe aus ihr kriecht! Was für ein Aperitif!

Sie lässt ihn unter sich hervorkriechen, spürt ihn hinter sich, merkt seine heißen Lippen auf ihren Pobacken.

„Du besitzt einen unwahrscheinlich erotischen Körper - besonders deine Brüste und deine Pobacken!"

Sie sagt nichts - genießt einfach, wie sein Finger, der in einem Einmalhandschuh steckt, leicht am Rand der Öffnung an beiden Seiten entlang streicht. Dann spürt sie diesen Finger auf einmal in ihrer Afteröffnung. Er gleitet in den After hinein und tastet herum.

Sie ist erstaunt.

„Was machst du da?"

„Ich necke und spiele ein bisschen! Gefällt es dir nicht?"

„Doch, doch", sagt ,Jessy schnell. „Aber es ist ungewohnt. Normalerweise machen Männer das doch nicht!"

Er lacht.

„Das stimmt nicht. Manche Männer machen es schon! Das ist Analsex. Auch Frauen und Männer machen es. Dieser Sex ist genauso anregend, als wenn man einen Finger in einer Scheide badet!" Dann spürt sie einen Finger seiner anderen Hand in ihre Vagina hinein- und hinaus gleiten.

Er reizt sie. Ein Finger bewegt sich in ihrem Po, ein anderer in ihrer Scheide. Das ist neu und aufregend.

„Ich habe einen Analvibrator. Willst du ihn mal sehen?" Er zeigt ihr ein Gerät, das eine Nachbildung eines menschlichen Penis' sein soll. Eigentlich hat er zwei Analvibratoren – für heute soll der kleine davon genügen.

„Ich dachte, solche Vibratoren seien nur dazu geeignet, um die Scheide zu erregen."

„Nein!" Wieder lacht er. „Es gibt auch Geräte, die dazu da sind, sexuelle Gefühle zu erzeugen, indem man den Anus und das Gebiet dahinter erotisiert. Außerdem machen sie den Enddarm so weit, dass man einen Penis ganz darin einführen und bewegen kann. Übrigens ist das für Frau und Mann gleichermaßen erotisierend!"

Er schaltet den Vibrator ein. Ein Surren ertönt.

„Willst du ihn mal in dir fühlen?"

Jessy zögert und nickt schließlich.

Otis schaltet den Vibrator aus, streift ein Kondom darüber, cremt ihn mit Gleitgel ein und versucht, ihn in Jessys After einzuführen.

Das ist absolut nicht leicht, der Schließmuskel versperrt den Eintritt.

Otis schaltet den Vibrator ein und versucht, das surrende Gerät in Jessys Darm zu schieben. Er stößt und rührt so lange, bis das Gerät zur Hälfte gurgelnd in Jessys After verschwunden ist. Otis versucht, den Vibrator weiter hineinzuschieben. Das tut Jessy jedoch weh.

„Höre bitte damit auf!", keucht sie. „Ich habe das Gefühl, einen Quirl in mir zu haben. Und das ist kein gutes Gefühl. Außerdem mag ich das Geräusch nicht!"

Er ist etwas enttäuscht, schaltet aber den Vibrator aus und legt ihn auf die Seite.

„Analsex erfordert einige Übung", überlegt er laut. „Man muss sich Zeit nehmen dafür. Aber wenn man einmal einen guten Analsex gehabt hat, will man nicht mehr darauf verzichten!"

„Vielleicht probiere ich das später einmal", versucht sie, das Thema zu beenden. „Ich hätte im Moment gerne ‚normalen Sex'!"

„Normaler Sex!" Er lacht schon wieder, und versucht, seinen Penis zu stimulieren.

Sie inhaliert tief Luft und krallt sich auf dem Bettlaken fest, als sie seine harte Männlichkeit in ruckartig in ihre Scheide eindringen fühlt. Wie ein Pumpenschwengel gleitet er in ihr auf und ab. Sie bewegt sich mit ihm im Takt wie eine Tanzende, spürt diese Massage in sich selbst, merkt, wie sie ihrem Körper unglaubliche Wohltat bereitet. Sie merkt, wie er keucht, und sie keucht mit ihm. Gemeinsam schweben sie die Leiter der Lust nach oben, bis sie endlich beide in einem Feuerwerk der Ekstase explodieren.

36. Kapitel

Daphne gähnt verhalten. Der vierte Messetag beginnt, und sie ist dabei, den Stand auf Vordermann zu bringen. Die Leintücher, die zum Schutz über Nacht über den Maschinen liegen, werden entfernt und sorgsam zusammengelegt. Daphne geht mit dem Staubsauger systematisch über den hellblauen Teppichboden. Wo nur Jessy bleibt? Erst beim Frühstück fiel jedem auf, dass sie noch fehlte. Aber man schwieg diskret - so, wie eben Diskretion das A und O während dieser Messe ist.

Noelle gießt die Blumen auf der Theke, die die Bar vor neugierigen Blicken schützt. Anschließend schwebt sie hinter die Bar, um noch einige Gläser und Tassen hastig zu spülen.

Der Stand soll tadellos wirken und Kunden und Interessenten aus nah und fern auf Maschinen - und später auch auf die Standdamen - Appetit machen.

Wobei das abendliche Vögeln heute ausfallen wird, denn BOULANGER hat ein Ausflugsschiff gechartert und einige gute Kunden zu einer „Riverboat Party" geladen. Während einer gemütlichen Schifffahrt auf dem Rhein sollen die Damen dann mit einem entzückenden Lächeln so manchen gierigen Gaumen mit appetitlich angerichteten Speisen auf einem langen Büfett verwöhnen.

Daphne seufzt. Wo Jessy nur bleibt? Ob sie mit Otis Haegele geschlafen hat? Daphnes gestriger Abend verlief nicht sehr zufriedenstellend. Sie sollte den dicken Einkäufer Hauke-Hinnerk Springer der Firma JODELIHÜ aus Bayern befriedigen, die schon einige BOULANGER-Maschinen in ihren Produktionshallen stehen hat. Aber als sie mit Herrn Springer in dessen Hotelzimmer ankam, wunderte sie sich, warum er eigentlich mit einer fremden Frau einen erotischen Abend verbringen sollte.

Erst einmal hing er über eine halbe Stunde an seinem Smartphone und erklärte seiner Geliebten in gepflegtem Bayrisch, wie sehr er sie vermisse, er sende ihr viele

„Bussi" und wie er sich danach sehne, wenn sein „Vogerl" - also diese Dame - wieder in sein Bett flöge und mit ihm keuchend unter die Daunendecke auf Tauchstation ginge.

Daphne räusperte sich, hustete, um sich Herrn Springer in Erinnerung zu rufen. Aber dieser telefonierte ungeniert weiter. Daphne schüttelte den Kopf - sollte sie sich diskret verziehen? Es schien, als sei sie hier absolut fehl am Platze.

Als sie alle Argumente dafür und dagegen in Gedanken durchgekaut hatte, beendete Herr Springer mit einem „Tschüss - Bussi - mein Schatzerl - ich liebe dich!" und einigen schmatzenden Küssen in die Sprechmuschel das lange Telefonat.

Mit entrückten Blicken trabte er auf Daphne zu.

„Soll ich gehen?" Daphne fühlte sich auf einmal sehr ungemütlich. Ihr sollte Dr. Feige keinen Vorwurf machen, dass sie ihre Aufgabe nicht vorbildlich erfüllt habe. Jedoch war Herr Springer offensichtlich nicht mehr an einer heißen Nacht interessiert.

Aber da täuschte sie sich.

Keuchend langte er mit seinen Wurstfingern in ihren großzügigen Ausschnitt und knetete lieblos ihren Busen wie Brotteig. Oder so, als ob er eine Kiste alter Zeitungen durchwühlte.

Daphne schauderte.

„Geh'n wir in mein Bett!", meinte er anschließend und zog sich aus. Daphne zog sich ebenfalls aus.

Er beschloss, seinen massigen Körper in die Kissen zu betten, während sich Daphne zwischen seine Schenkel klemmte. Sichtbar zeigten sich Schweißperlen auf seiner Haut, als er seinen Penis in die Höhe hielt.

„Reiben" S a bisserl dran - dann rutscht er besser!"

Daphne zog die Vorhaut hinauf und hinunter, rieb schließlich den „ausgezogenen" Penis. Sie rieb und rieb, aber das Ding blieb schlaff wie eine verdorrte Topfpflanze.

Daphne verwendete Vaseline, die sie immer in ihrer Handtasche trägt. Allerdings zeigte die Vaselinemassage bei Herrn Springer heute Abend nicht den geringsten Erfolg.

Seufzend hielt Daphne den schlaffen Penis in der Hand, die Anzeichen eines Krampfes vom vielen Reiben aufwies.

„Wissen' S was?". versuchte sie, seinen Dialekt nachzuahmen. „Ich glaube, das Ding will heute nicht!"

Herr Springer starrte sie aus schweißnassen Augen ziemlich betreten an.

„Kann scho' sein - dann versuchen' S halt etwas anderes!"

Eine unerfahrene Dame in sexuellen Dingen wäre leicht in Verlegenheit gekommen. Wie soll man einen Mann glücklich machen, dessen Penis schlappmacht? Aber Daphne ist mit allen Wassern gewaschen - sie versuchte eine Übung, die sie einst in einem weinroten Mercedes von Monteur Dieter lernte.

„Okay - entspannen Sie sich bitte!" Sie klang resolut wie eine Ärztin, als sie nach ihrer Handtasche angelte und ein Paar Plastikhandschuhe hervorkramte.

„Eine Art 'Erste-Hilfe-Maßnahme' für alle Fälle", dachte sie und streifte die Handschuhe über.

Herr Springer blieb ruhig liegen und beobachtete interessiert, wie sie ihren rechten Zeigefinger ausgiebig in die Vaseline tauchte und kräftig darin herumrührte, bis das Gummi des Handschuhs fettig glänzte.

„Was tun Sie da?" Seine Stimme klang schwach.

"Bleiben Sie ruhig liegen und entspannen Sie sich!", beruhigte ihn Daphne. „Sie werden das als Wohltat empfinden!"

Sie spreizte sanft seine Beine, was er geschehen ließ. Ihre rechte Hand glitt unter die Genitalien, suchte seine Afteröffnung und steckte den gecremten Zeigefinger hinein. Wie geschmiert rutschte ihr Finger in diesen Mann, ertastete warmes Gedärm. Behutsam drehte Daphne den Zeigefinger mit dem Fingernagel nach unten und beugte leicht die ersten beiden Glieder ihres Fingers.

„Mit diesem Griff sage ich jetzt 'Hallo' zu Ihrer Prostata!", erklärte sie. „Durch diese Fingerbewegung sende ich über Ihre Gedärme ein Signal an Ihre Prostata - klopfe quasi bei ihr an! Finden Sie das unangenehm?" Er zog die Stirne in Falten, und einige Schweißperlen rutschten spontan hinein. Angestrengt überlegte er, was er auf ihre Frage antworten sollte, während sie weiterhin mit dem Finger seine Prostata über seine Gedärme begrüßte – also sanft darin herum klopfte. Es war wie eine Darmkrebsvorsorge beim Hausarzt, nur viel, viel angenehmer – und vor allem erotischer.

„Nein - machen Sie weiter! Ich finde diese Begrüßung unwahrscheinlich angenehm!", säuselte er schließlich. Daphne schien ihren Finger Ewigkeiten in ihm zu bewegen, sagte unzählige Male 'Hallo' zu seinen Gedärmen und seiner Prostata und fragte sich, wann er endlich genug habe. Immer, wenn sie sich erkundigte „Ist es so recht?", bat er sie weiterzumachen.

Schließlich wurde Daphnes Zeigefinger von einem Krampf gepackt. Vorsichtig zog sie diesen völlig erschöpften Finger nach einer halben Stunde heraus.

Sphärisch und beglückt lächelnd lag Herr Springer in seinem Bett:

„Das war wunderbar und hat mir sehr gut gefallen! Diese Übung werde ich meinem Schatzerl erklären - sie wird entzückt sein!"

Daphne zog sich an, die Uhr zeigte Mitternacht. Auf einen Orgasmus mit diesem Herrn hatte sie ohnehin keine Lust mehr - sein Penis brauchte Urlaub, und vor seinen dicken Fingern in ihrer Vagina graute ihr.

Der Abend war also gelaufen, Herr Springer würde in den nächsten Wochen wieder einen Auftrag für Maschinen im Werte von einer Million Euro bei BOULANGER platzieren. Schnell verschwand Daphne aus seinem Hotelzimmer, ohne noch einen feuchten Abschiedskuss abzuwarten.

Hastig drückte sie die Klinke der Hotel-Ausgangstür. Diese bewegte sich keinen Zentimeter nach vorne.

Forsch rüttelte Daphne an der heruntergedrückten Klinke - sie war verschlossen!

Na - das fehlte noch! Da war sie in diesem Hotel eingeschlossen. Warum saß um diese Zeit kein Mensch mehr an der Rezeption - und das in Utrecht! Gedanken schossen durch Daphnes Kopf - okay, sie musste wohl oder übel nochmals Herrn Springer stören. Schnell hetzte sie die Treppen nach oben und klopfte an seiner Zimmertüre.

„Ja - was ist denn los?", tönte es ungehalten von drinnen.

„Ich bin es - Frau Pfeifenkönig!"

„Ach - Frau Pfeifenkönig!" Die Türe sprang auf, ein äußerst erleichterter Herr Springer grinste ihr entgegen. „Haben Sie sich's noch anders überlegt? Wollen' S noch a bisserl vögeln?"

„Nein, nein!" Daphne winkte ab. „Ich komme nicht aus dem Hotel heraus! Die Türe ist abgeschlossen!"

„Ach so!" Er lachte dröhnend, und Daphne flüsterte erschrocken:

„Nicht so laut - bitte! Können Sie mich nicht raus lassen? Sie haben doch sicherlich einen Schlüssel für den Ausgang?"

„Gut, Frau Pfeifenkönig! Weil Sie's sind!" Er warf sich einen Bademantel über seine Blöße, zog seinen Schlüssel ab und wackelte neben ihr die Stiegen hinunter. Hinter ihnen krachte seine Zimmertüre laut ins Schloss.

„Danke schön - vielen Dank!", rief Daphne überwältigt, als die die herrliche Nachtluft atmete. Freiheit - ach, wie ist und war sie wunderbar!

Herr Springer winkte ihr nach und schloss die Türe hinter ihr.

Mit einem Taxi fuhr Daphne in ihr Hotel, klopfte noch an Helges Tür - er war wohlweislich mit Klaas und Thordes in einen Pub gegangen. Noelle vögelte mit Lando-Frank in dessen Bett, also ging Daphne unverrichteter Dinge und ausgesprochen schlecht gelaunt ins Bett.

An all diese Ereignisse denkt sie jetzt an diesem Messemorgen. Da schwebt Jessy jäh um die Ecke - wie ein Schwan - und fliegt beinahe zum Stand - mit einem entrückten Lächeln auf den Lippen.

37. Kapitel

Erstaunt schaut Daphne in das vor Erregung rot leuchtende Gesicht ihrer lächelnden Kollegin. Wahrlich - Jessy strahlt wie ein Kronleuchter! „Wie geht es dir?", fragt sie.

„Es geht mir besser - danke!", antwortet Jessy höflich. Dass es ihr bestens geht, getraut sie sich nicht zuzugeben. Nachher denkt Daphne, Jessy habe die Ohnmacht gestern nur gespielt, um sich vor den üblichen Messetätigkeiten zu drücken.

Sie schluckt und fügt noch hinzu:

„Entschuldigt, dass ich mich gleich heute Früh verspätet habe. Wir - äh ich – steckten noch im morgendlichen Verkehrsstau ..."

Daphne lächelt nachsichtig. Aha - so ist das! Die gute Jessy verbrachte die Nacht mit Otis Haegele - das herausgerutschte „wir" hat sie verraten.

„Und - wo ist Otis Haegele jetzt?", fragt sie süßlich.

„Otis Haegele? Ach - der?" Jessy versucht, so belanglos wie möglich zu klingen. „Wahrscheinlich streift er durch die Messe - sie ist ja so groß!"

Daphne nickt wissend. Nein, sie will die Kollegin nicht mehr mit unnötigen Fragen quälen, denn sie weiß jetzt alles, was sie wissen will. Und Jessys tomatenrotes Gesicht verrät einiges, was diese selbst nicht zugeben will. Die Gute hat sich in Otis Haegele verliebt! Wie es jetzt wohl zwischen den beiden weitergeht?

Aber diese verschämte Röte der Verliebtheit macht Jessy hinreißend schön - dazu trägt sie noch knallenge Hosen, die braunen Haare sind locker zu einem Pferdeschwanz zusammengefasst, der anmutig über den Rücken hängt und diesen hin und wieder streift.

Und so strahlt Jessy den ganzen Tag alle Standbesucher an, denen sie Prospekte aushändigt. Es scheint, als wolle sie ihre gestrige Abwesenheit hundert Male wettmachen. Dabei schießen ihr die erlebten sexuellen Höhepunkte durch ihre Gedanken - sie lässt diese Tausende Male vor ihrem inneren Auge ablaufen und genießt nochmals jede Sekunde.

Irgendwann tauscht Jessy ihren Platz - steht wieder hinter der Bar, diesmal neben Noelle. Das gestrige sexuelle Abenteuer mit Lando-Frank scheint nicht das Gelbe vom Ei gewesen zu sein, denn Noelle zeigt sich ausgesprochen wortkarg.

Bald sind die Messehallen wieder vom Summen tausender Stimmen erfüllt - durchbrochen vom mechanischen Scheppern einiger Maschinen, die vorgeführt werden.

Arrangements für verstohlene nächtliche Bettbesuche werden heute auf dem BOULANGER-Stand nicht getroffen. Man wartet gespannt auf den Messeabend auf dem Ausflugsschiff - die Kreuzfahrt auf dem Amsterdam-Rhein-Kanal mit Musik und Tanz.

38. Kapitel

Viele bekannte Gesichter tummeln sich heute auf dem Schiff „Rheinprinzessin" - bekannte Gesichter, die Rang und Namen in der Pharma- und Kosmetikindustrie haben. Emsige Kellner reichen Sekt und Salzgebäck.

Jessy, Daphne und Noelle stehen vor dem Büfett und versuchen, die Anwesenden in eine Unterhaltung zu verstricken.

Direkt am Eingang nippt Hans Camillo, der erfolgreiche Parfümhersteller und Modedesigner aus Mailand, an seinem Sektglas. Er zählt gerade 40 Jahre, ist aber trotz seines guten Aussehens immer noch auf der Suche nach der richtigen Frau fürs Leben. Vielleicht ist er zu wählerisch? Denn immerhin ist er wohlhabend und denkt, jede potentielle Liebhaberin könne auch auf der Jagd nach seinen Millionen sein.

„Was für ein schöner Mann!", schwärmt Daphne. Ihre Blicke bleiben an seinem von Silberfäden durchzogenen dunkelbraunen Haar hängen. Aber gerade dieses Haar und sein Vollbart lassen ihn nicht nur schön, sondern auch interessant erscheinen.

Angeregt unterhält er sich mit Frau Dupont, der Gattin eines namhaften französischen Hustensaftherstellers. Camillos neueste Sommerkollektion mit duftigen Baumwollkleidern war vor zwei Wochen von der Presse in den höchsten Tönen gelobt worden. Man sagt ihm nach, er hauche Leben und Leidenschaft in jedes seiner entworfenen Kleider. Denn er besitzt die wunderbare und zugleich seltene Gabe, eine vertraute, familiäre Atmosphäre für die Models zu schaffen, die seine Kleider auf Modeschauen und in Katalogen zur Schau stellen.

Seine braunen Leinenhosen schwächen die knallbunten Farben seines Hawaiihemdes ab. Auf diesem sprießen die Bäume wie in einem üppig bepflanzten Sommergarten. Dennoch wirkt er nicht wie ein oberflächlicher Playboy – Charme sprüht aus seinen braunen Augen, als er den Ausführungen seiner Gesprächspartnerin lauscht. Ab und zu wirft er mit seiner sonoren Bassstimme eine intelligente Bemerkung ein.

Auch Noelle ist von ihm hingerissen.

„Du hast recht, Daphne!", haucht sie zustimmend. „Aber ich denke, dieser Mann ist bereits vergeben."

Daphne nickt zustimmend. Sie weiß, was Noelle meint. Ein Mann wie Hans Camillo braucht kein Mädchen vom Messestand für gemütliche Stunden - ein solcher Mann hat ständig Damen um sich, mit denen er ins Bett gehen kann. Wenn man nur an all seine Models denkt! Wie schön, dass er trotzdem zu dieser „Riverboat-Party" heute Abend erschienen ist und die sexhungrigen Damen wenigstens mit seinem Anblick ergötzt.

Die Boulangers stehen stolz neben dem Eingang, jeder mit einem Sektglas bewaffnet. Herr Boulanger schüttelt mit seiner Pranke jede Hand, die sich ihm grüßend entgegenstreckt. Neben Hans Camillo wirkt er jedoch beinahe wie ein Bauer. Aber im Land der Reichen fragt man oft nicht nach Anstand und Benehmen - im Land der Reichen kann man auch derb und unhöflich sein, denn man hat ja den Aufstieg geschafft!

Frau Boulanger dagegen versteht noch mehr von Würde und Benehmen. Sie scheint mit ihren Blicken, ihren Worten das zu kitten, was ihr tölpelhafter Mann oft kaputtgemacht hat.

Um den Hersteller wichtiger Infusionen zur Blutverdünnung, Herrn Dr. Fiete Kampmoser aus Bayrisch-Brudelschwing, hat sich eine Menschenmenge geschart. Hingebungsvolle Blicke schmachtender Frauen hängen an ihm. War er nicht bereits vor 20 Jahren der Schwarm aller Studentinnen der Universität Regensburg gewesen? Seine Ehe mit dem Fotomodell Juna Schweizer hatten ihm alle Verehrerinnen längst verziehen. Unterdessen ist er geschieden, hat insgesamt nochmals dreimal geheiratet, insgesamt fünf Kinder, und sich von jeder Ehefrau erneut scheiden lassen.

Wirklich interessant, wie ein solch gescheiter Mann Pech in der Liebe haben kann! Zum Glück haben ihm seine Arbeit und seine Kinder bisher über alle persönlichen Krisen hinweggeholfen. Gerade referiert er zu mehreren seiner „Fans" zum Thema „Aids nach Blutübertragung - muss das sein?"

Herr Boulanger nippt an seinem Sektglas und stürmt dann mit einem lauten „Aaaah - welch eine Überraschung!" auf einen smarten Fünfzigjährigen zu. Ebenfalls ein anziehender Charakter - Herr Ding Dao Du, ein Pharmazeut aus Korea.

„How nice to have you here!", schwärmt Herr Boulanger, während der Koreaner dessen Frau auf beide Wangen küsst. Sein Gesicht ist von Falten gezeichnet - Spuren eines hektischen Lebens. Mit viel Humor schildert er Szenen aus der koreanischen Pharmazie, gestikuliert mit Armen und Händen. Seine schlanke Gestalt steckt in einem braunen Anzug aus teurem Wollstoff, der sich immer vor- und zurückzieht - je nachdem, wie Herr Ding Dao Du seine Arme bewegt. Die Lichtstrahlen der Kronleuchter treffen seine goldenen Manschettenknöpfe und fließen schließlich in seine blankgeputzten Lackschuhe. So viele Fans wie Herr Dr. Kampmoser hat Luca-Alexander Vogelmann, der bekannte Tormann der Fußballbundesliga, heute Abend nicht. Er ist da, weil er mit Herrn Boulangers Neffen Tebbe bereits im Sandkasten spielte und seitdem ein Freund der Familie ist. Viele seiner Bewunderer kennen ihn nur im bunten Trikot der Fußballmannschaft. Im schwarzen Anzug mit der dezent blau-weiß-grün gemusterten Krawatte wirkt Luca-Alexander eher ungewohnt und fremd. Er scheint sich selbst nicht ganz wohl zu fühlen - greift am Büfett verstohlen nach diesem oder jenem Happen. Dabei ist das Büfett öffentlich - niemand auf diesem Schiff muss sich verstecken, wenn ihm nach einer Leckerei gelüstet.

Jessy beobachtet ihn - aber immer noch hängen ihre Gedanken an Otis Haegele. Hatte er nicht auch versprochen, heute Abend zu erscheinen? Wo steckt er nur? Langsam verspeist Luca-Alexander einen Bissen Lauchbrot mit Lachs und blickt zu Jessy. Sie lächelt ihm ermutigend zu, wagt aber nicht, ihn selbst anzusprechen. Verstohlen zupft er mit einer Hand am weißen Hemdkragen und der Krawatte, während die andere Hand ein Sektglas am Stiel gepackt hält. Luca-Alexanders rabenschwarze Haare liegen ordentlich mit Pomade zurückgekämmt um seinen Kopf.

„Irgendwie sexy sieht er aus!", denkt Jessy und macht mutig einen Schritt auf ihn zu. Aber plötzlich löst sich eine blonde, große Frau aus der Menge um Herrn Dr. Kampmoser.

„Sind Sie nicht Luca-Alexander Vogelmann? Beinahe hätte ich Sie nicht wiedererkannt!" Sie streckt ihm ihre schlanke Hand mit dunkelrosa lackierten Fingernägeln entgegen. Zahlreiche silberne Armreifen klimpern leise, als Luca-Alexander die dargebotene Hand schüttelt.

„Können Sie mir bitte ein Autogramm geben?" Freudig blicken ihn ihre klaren blauen Augen an.

Luca-Alexander lächelt. „Aber gerne!"
Anschließend verstrickt sie ihn gekonnt in eine Unterhaltung.

Jessy schmollt beinahe. Sie hätte ja ahnen können, dass Fee Gründgens-Meyerhoff, Ehefrau des Präsidenten der „Bank of Soho - Utrecht Branch", mit der Boulanger schon einige Akkreditive abgewickelt hat, ebenfalls auf dem Schiff ist und jetzt Luca-Alexander Vogelmann umgarnt.

Man trifft sie auf vielen Gesellschaften - sie ist eine Meisterin im Umgang mit Partygästen und Besuchern aller Anlässe. Ihr Lächeln huscht beinahe schon mechanisch über ihre blutrot geschminkten vollen Lippen. Lange blonde Haare wallen über ihre Schultern und fließen in den tiefen Rückenausschnitt ihres raffinierten azurblauen Abendkleides, das bis zum Boden reicht. Aber trotz ihrer eleganten Erscheinung wirkt sie nie aufdringlich. Lautlos wie ein Engel schwebt sie stets von Gast zu Gast, schüttelt eine Hand nach der anderen und beteiligt sich an so mancher Unterhaltung.

„Meine Damen und Herren!" Freudig klatscht Herr Boulanger in die Hände und unterbricht jegliche Unterhaltung. Räuspernd zieht er einige Bogen Papier aus der Tasche seines Jacketts und sucht nach seiner Brille. „Ich freue mich, dass Sie heute alle so zahlreich erschienen sind und sich auf diesem Schiff so gut amüsieren. Wir danken allen Geschäftspartnern, die uns jahrelang die Treue halten und noch halten werden. Wir - meine Frau und ich - freuen uns über solche wertvollen Menschen, wie Sie es sind. Wir freuen uns auch über unsere Mitarbeiter auf dem Stand, über ihren Einsatz, ihre Tatkraft, ihre Freude, wir freuen uns einfach, dass wir diesen Erfolg heute Abend mit Ihnen allen feiern können..."

Jessy schluckt - sie denkt wieder an Otis Haegele. Plötzlich wandert ihr Blick - wie magisch angezogen - zu einer Gestalt an der Eingangstüre.

Sie unterdrückt ein Jauchzen. Otis Haegele!
Ihr Abend ist gerettet.

39. Kapitel

Helge reckt sich wohlig, bevor er sich die kuschelige Daunendecke bis zur Nasenspitze hochzieht. Er ist müde - die „Riverboat-Party" war wirklich gelungen, er unterhielt sich mit vielen Leuten. Auch Herr Boulanger und seine Gattin zeigten sich ausgelassen und locker wie selten. Helge gähnt und lässt seine Gedanken zu Birgit schweifen. Liebevoll träumt er von ihr und von seinem Nachwuchs. Allmählich sollten er und Birgit an Babykleidung denken. Nur - welche Farbe wählt man, wenn man das Geschlecht des Babys noch nicht kennt? Soll man einfach annehmen, man erwarte einen Jungen und blaue Strampelanzüge kaufen? Aber genauso gut könne es sich auch um ein Mädchen handeln, also wäre rosa Babykleidung keine schlechte Wahl. Oder vielleicht wäre grün die richtige Farbe? Grün bedeutet Hoffnung und ist neutral. oder gelb? Nein, gelb ist zu grell, hat irgendetwas Unruhiges an sich! Lila dagegen wirkt beruhigend und steht beiden Geschlechtern gut. Ja, lila - lila, das wäre...

Jäh wird Helge aus seiner Einschlafphase gerissen, als es klopft - an seiner Türe! Ein Einbrecher? Oder Feueralarm?

„Wer ist da?", ruft er erschreckt.

Die Klinke geht langsam herunter, ein verschmitzter Blick, und Daphne huscht in sein Zimmer.

„Helge!" Entzückt schließt sie die Türe. „Was für ein Glück, dass du noch wach bist!"

„Ich war gerade am Einschlafen!", berichtigt er sie unwirsch. Sein Haar hängt wirr ins Gesicht. „Ist etwas passiert?"

„Nein, Helge!" Sie nähert sich ihm mit behutsamen Schritten. Erotisch sieht sie aus im hauchdünnen Nachthemd, das volle Sicht auf ihre knospenden Brüste freigibt. Nur Helge ist fest entschlossen, seiner Frau treu zu bleiben.

„Helge", flüstert Daphne verhalten. „Könntest du mich nicht noch ein einziges Mal vögeln? Bitte!" Flehentlich hängen ihre Augen in seinen, und sie sieht auf einmal unwahrscheinlich verletzlich aus. So, als hinge ihr künftiges Lebensglück von diesem einzigen Liebesabenteuer ab.

„Was?" Helge ist auf einmal hellwach, traut seinen Ohren nicht und schießt beinahe senkrecht wie eine Rakete in die Höhe. „Und deswegen reißt du mich aus dem Schlaf?"

„Helge - bitte! Das ist ein Notfall! Ich bin so wild auf dich!"

„Geh' ins Bett - Daphne, bitte! Ich habe dir ausdrücklich gesagt, dass ich nicht mehr mit dir vögle!"

„Bitte, Helge!" In ihren Augen schimmern Tränen wie Bergkristalle. „Nur noch dieses einzige Mal!" Sie schwebt auf ihn zu wie eine Elfe.

„Nein, Daphne! Nein, nein und nochmals nein!"

„Bitte!" Mutig fasst sie ihn am Arm. Erzürnt holt Helge aus - und - klatsch! – landet seine Rechte in ihrem Gesicht.

„Raus - Daphne! Sofort verschwindest du in dein Bett! Wie oft soll ich dir das noch sagen?"

Wimmernd macht sie kehrt, ihre nackten Beine huschen über den Teppichboden, das dünne Nachthemd flattert aufgeregt in der Luft.

„Du bist so gemein, Helge! So gemein!"

„Bin ich nicht!" Er springt ihr hinterher, um ganz sicherzugehen, dass sie den Raum verlässt.

Daphne huscht hinaus, und er schließt rasch die Türe hinter ihr zu.

40. Kapitel

Verdutzt blickt Jessy um sich. Sie liegt auf einer Parkbank ganz in der Nähe des Messegeländes. Die Sonne scheint ihr ins Gesicht.

Wie ist sie auf diese Parkbank gekommen? Sie kann sich nicht erinnern. Sie hat wirr geträumt. Einen Traum über Otis und sie in einem Hotelzimmer. Sie haben geredet. .

Jessys Kopf schmerzt, hämmert, als ob er der Sitz eines Kohlenbergwerks sei. Und ihr Hintern schmerzt tierisch. Was ist passiert? Sie merkt, dass sie eine Windel trägt. Irgendetwas ist feucht darin. Aber das beschäftigt sie nur nebenbei. Schlimmer ist, dass es neun Uhr morgens ist. Und sie ist noch nicht am Messestand. Heiliger Strohsack! Langsam setzt sie sich auf. Sie fühlt sich so benebelt. Als ob sie ein starkes Medikament eingenommen hätte. Ihr Rücken schmerzt und ihr Hinterteil brennt. Dort tut ihr alles weh.

Ihr Rock ist etwas zerknittert. Vorsichtig tastet sie über den Bund in ihren Schlüpfer. Die Windel füllt den ganzen Schlüpfer aus.

Ihr Hinterteil fühlt sich an, als sei es ausgefranst.

Ihre Handtasche hat sie bei sich. Nichts fehlt darin. Sie findet noch eine Packung Schmerztabletten darin. Diese Tabletten sind neu. Sie erinnert sich nicht, dass sie schon vorher in dieser Tasche waren.

Warum sind diese Tabletten in ihrer Tasche? Hat Otis Haegele sie hineingetan? Warum hat er sie auf diese Parkbank gebracht und nicht in ihr Hotelzimmer? Was ist passiert?

Sie kann sich nur noch an die Riverboat-Party erinnern. Die Party war langweilig, aber dann erschien Otis Haegele. Er nahm sie mit auf sein Zimmer. Er knipste das Licht seines Hotelzimmers an. Sie erinnert sich an den sanften Schein, der über die Einrichtung strahlte.

Sie erwartete von ihm das, was er ihr bisher bereitwillig zu geben bereit war.

Aber an diesem Abend hielt er sie hin. Er reichte ihr einen Cocktail und redete und redete.

Und irgendwann wurde Jessy müde, unheimlich müde. Sie legte sich in Otis' Hotelbett – und dann riss ihre Erinnerung ab.

Und jetzt liegt sie hier auf einer Parkbank. Dabei sollte sie schleunigst zum Messestand rennen. Aber sie kann heute nicht rennen. Ihr Körper tut weh.

41. Kapitel

Otis weiß, dass heute der Abend des Abschieds gekommen ist. Ein Abschied von Jessy.

Seine Frauenbekanntschaften nach der Scheidung währten bisher ohnehin nur kurz. Das liegt an seinen sexuellen Vorlieben.

Als Jessy durch die K.O.-Tropfen eingeschlafen ist, zieht er ihre Hosen aus und injiziert ihr noch ein Schlafmittel. Intravenös, dann wirkt es gleich. Sicher ist sicher.

Er hievt Jessy auf ein blitzsauberes Leintuch. Ihre Augen werden verbunden. Sie soll nichts sehen. Danach dreht er sie auf die Seite.

Seine Utensilien hat er in greifbare Nähe gelegt.

Zuerst einmal kommt der erste Analvibrator zum Einsatz. Surrend ist er in Jessys Hinterteil unterwegs. Fünf Minuten, zehn Minuten. Dann ist erst mal Pause.

Otis versucht, seinen Penis, der durch ein Kondom geschützt ist, in Jessys After zu schieben. Aber das klappt nicht.

Da Otis' Penis erigiert ist, muss er sein Sperma irgendwie loswerden. Er dreht Jessy auf den Rücken, entfernt das Kondom von seinem Penis und rammt diesen in Jessys Scheideneingang. Das funktioniert problemlos, und durch das keuchende Auf- und Abwippen erreicht Otis auch einen Orgasmus.

Aber das reicht ihm nicht.

Er zieht sich Einmalhandschuhe an, fettet sie mit Gleitgel ein und knetet die Haut rund um Jessys Afteröffnung. Er zieht und massiert und versucht, die Haut zu weiten und geschmeidiger zu machen. Aber das klappt nicht. Dafür fangen einige Hautstellen an zu bluten. Das aber bringt Otis von seiner weiteren Vorgehensweise nicht ab.

Der große Analvibrator, mit einem Kondom voller Gleitgel, ist die zweitletzte Rettung.

Mit einem brutalen Ruck schiebt Otis das Gerät in Jessys Hinterteil und schaltet die höchste Vibrationsstufe ein.

Auf einmal hört er ein Wimmern.

42. Kapitel

Jessys Wimmern hat Otis dazu veranlasst, seine Vorgehensweise zu ändern. Das ist nicht tragisch. Er ist schon einige Male passiert, dass die Frauen, die er für den Analsex vorbereitete, auf einmal wimmerten oder etwas sagten oder sich anderweitig bemerkbar machten.

Für solche Zwecke hat er ein Beruhigungsmittel, das er den Frauen intramuskulär in eine Pobacke spritzt. Genau dieses Mittel spritzt er Jessy.

Es hat keinen Wert mehr, die Analvibratoren zu bemühen. Jessy scheint dieses Geräusch aufzuregen. Auch im Schlaf. Otis erinnert sich an ihre Bemerkung, dass sich das anfühle wie ein Quirl in ihr.

Er zieht sich einen weißen Kittel an. Mit geübten Griffen streift er sich neue Einmalhandschuhe über, taucht einen Finger in Gleitgel und schiebt ihn in Jessys Afteröffnung. Dort bewegt er ihn hin und her.

Immer noch eng und etwas blutig. Wenn er in dieser Nacht noch Analsex haben will, muss er zu drastischeren Maßnahmen greifen. .

Er schiebt ein Keilkissen unter Jessys Unterleib.

Anschließend desinfiziert er die Haut um ihren After mit einem Spray. Mit einer Spritze betäubt er die Region rund um die Afteröffnung. Die Nadel gleitet mal tiefer, mal weniger tief in die Haut, um das Medikament optimal zu verteilen.

Nach einigen Minuten schraubt Otis einen, mit Gleitgel eingeriebenen, Plastikring hinein. Die Öffnung des Ringes ist so breit, dass Otis' Penis problemlos hineinpasst. Der Ring sieht aus wie ein Rohr, das mit einem Trichter endet. An der Seite des Rings befinden sich einige Bohrlöcher.

Otis bindet sich einen Mundschutz um und legt sich einige Schrauben in verschiedenen Längen zurecht. Jede der Schrauben wird erst mal in ein Bohrloch gesteckt und mit Hilfe eines Schraubenziehers ein Stück weit hineingedreht. .

Der Akkuschrauber schließlich versenkt die Schrauben komplett, so dass der Plastikring fest sitzt.

43. Kapitel

Heute bewegt sich Jessy in leichter Schräglage über den Messestand. Otis Haegele muss gestern Abend irgendetwas Schlimmes mit ihr angestellt haben.

Sie hatte sich zuerst inbrünstig in diesen Mann verknallt. Sie hatte ihm alles verziehen, was er bisher tat – es gefiel ihr. Sie dachte nie, dass er ihr ein Leid zufügen könne.

Aber der Schmerz heute ist schlimm. Irgendwas muss mit ihrem Hinterteil geschehen sein. Irgendwas, das sie nicht mitbekommen hat, weil sie besoffen war oder unter Drogen stand – oder beides. Sie kann sich nicht mehr erinnern.

Heute bewegen sich alle Standmitarbeiter etwas langsamer. Die „Riverboat-Party" war gelungen - noch jahrelang wird die Fachwelt davon schwärmen! Allerdings kamen die meisten Mitarbeiter erst spät ins Bett. Und so manch einer konnte nicht gleich ins Reich der Träume entschweben, da er noch zu aufgekratzt war oder gestört wurde. So wie Helge zum Beispiel.

Der sonst lockere Helge gibt sich heute verhältnismäßig ruhig. Nicht nur, weil er müde ist. Nein, er fühlt sich von Daphne ausgetrickst! Sagte sie nicht beim ersten geheimen Ficken, sie werde ihn von nun an in Ruhe lassen? Sie brach ihr Versprechen jedoch und erschien gestern Nacht überraschend in seinem Zimmer. Wenn er sich also weiterhin ihr gegenüber vertrauensselig gibt, kann es sein, dass sie immer wieder eine Gelegenheit sucht. So, wie sie in den Autos vieler Monteure „zu Hause" ist.

Daphne merkt natürlich, dass Helge nicht gut über sie denkt, und schmollt. Helge' Ohrfeige scheint noch immer auf ihrer Wange zu brennen, obwohl sie schon Stunden zurückliegt. Und so geht Daphne Helge aus dem Weg.

Die einzige Person, die heute „richtig gut drauf" ist, ist Noelle. Sie plappert drauflos wie ein Wasserfall. So gut wie während dieser Messe habe sie sich noch nie amüsiert - ach, wie schade, dass sie ausscheide. Vielleicht hätte man auch bei künftigen Messen bei BOULANGER ihre sexuellen Gelüste gefördert. Ob sie all dies bei ihrem neuen Arbeitgeber erwarten kann, ist fraglich.

Wer ebenfalls ständig strahlt, ist das Ehepaar Boulanger. Ihre Schäfchen haben sich bisher vorbildlich verhalten, und das fleißige Vögeln lässt auf gute Aufträge in naher Zukunft hoffen.

Als Jessys Schmerzen in ihrem Hinterteil zu stark werden, entschuldigt sie sich hastig bei Daphne und Noelle und telefoniert mit der Praxis des Messearztes. Leute, die starke Schmerzen haben oder andere gesundheitliche Probleme haben, die dringend behandelt werden müssen, können sich an einen Messearzt in Halle 5 wenden. Jessy kann sofort kommen.

44. Kapitel

Das sieht ja übel aus!" Vorsichtig betastet Herr Dr. Albrecht Jessys Hintern. Die Tücher, die Otis in Jessys After stopfte, sind voller Blut, das auch schon teilweise getrocknet ist. Der Arzt hat die Tücher vorsichtig entfernt. In Jessys Hintern ist allerdings immer noch mindestens eine Blutung im Gange, die nicht aufhören will.

Prüfend betrachtet der Arzt Jessys Hinterteil von allen Seiten. Der Schließmuskel funktioniert nicht richtig und in der Windel haben sich Blut und Fäkalien gesammelt. „Wer hat Sie denn so zugerichtet?", fragt er.

„Ich weiß es nicht!", antwortet Jessy. „Ich kann mich nicht erinnern. Irgendjemand muss mir ein Schlafmittel verpasst haben." Sie zeigt ihm die Einstichstelle in ihrer Armbeuge.

„Jemand hat versucht, Sie für den Analverkehr vorzubereiten!" Die Stimme des Arztes klingt hart. „Glauben Sie mir – solche Fälle sehe ich hier fast täglich! Analverkehr kann schön sein, er kann stimulieren, er kann beglücken. Aber man muss den Körper langsam darauf vorbereiten. Auf dieser Messe jedoch hat niemand Zeit. Alles muss schnell gehen! Manche Männer holen sich von Frauen, die auf der Messe arbeiten, das, was ihnen ihre Ehepartnerinnen oder Freundinnen zu Hause nicht geben wollen. So wird alles hektisch und lieblos. Der Sex, der Analverkehr,…"

„Analverkehr?" Jessy denkt an den surrenden Analvibrator von Otis Haegele und erschauert. „Da war ein Kunde unserer Firma. Er hat mir einen Analvibrator gezeigt!"

„Einen Analvibrator?" Der Arzt lacht. „Glauben Sie mir, Frau Hartheimer. Ein Analvibrator alleine verursacht keine Blutung, wie Sie sie hier haben. Da hat jemand etwas mit Ihnen gemacht, was ich als Körperverletzung bezeichnen würde. Irgendwie wurde an Ihnen herum geschnitten – oder die Haut eingerissen!" Der Arzt hat sich in Rage geredet. „Jetzt raus mit der Sprache: Wer hat Ihnen das zugefügt?"

„Ich kann es nicht sagen. Es war alles zum Wohle der Firma", murmelt Jessy beschämt.

„Zum Wohle der Firma? Das höre ich hier täglich. Täglich kommen Leute zu mir, die irgendwelche ‚Sexualunfälle' haben. Verletzungen, die ihnen während dieser Messetage zugefügt wurden! Glauben Sie mir, Frau Hartheimer, zum Wohle einer Firma müssen Sie sich von niemandem Verletzungen zufügen lassen!"

Jessy wimmert.

„Sie gehören in ein Krankenhaus. SOFORT!" Der Arzt ist resolut. „In der Universitätsklinik hier in Utrecht arbeitet Doktor Visser. Er ist Proktologe. Also ein Arzt, der sich mit dem menschlichen Darm so gut auskennt wie kaum ein anderer. Ihm sollten Sie Ihr Hinterteil zeigen. Und grüßen Sie ihn von mir!"

„Aber kann das nicht warten, bis ich wieder in Deutschland bin?", fragt Jessy zaghaft.

„Nein, das kann es nicht! Ein Krankenwagen wird Sie in die Klinik bringen!" Der Arzt greift zu einem Telefon. „Und die Telefonnummer des Messestandes Ihrer Firma können Sie mir auch gleich geben. Ich regle alles Weitere mit Ihrem Arbeitgeber! Sie sind bis auf weiteres krank und können nicht arbeiten!"

Langsam zieht sich Jessy an, während der Arzt einige Telefongespräche führt.

45. Kapitel

Noelle vögelt, dass die Fetzen fliegen und die Schwarte kracht. Sie genießt Orgasmen in allen Positionen, die es gibt - mit dem Finger und mit dem Penis. Ihr Gönner ist ein Tscheche, einer von Noelles Lieblingskunden. Karel Beechov heißt er, und ist absolute Spitzenklasse.

Sie treiben es in seinem Hotelzimmer bei schummriger Beleuchtung, umrahmt von Seidenbettwäsche. Ihre Körper verschmelzen wie bei Ringern miteinander, sie bilden ein Menschenknäuel, von Schweiß durchtränkt. Und sie saugen und beißen sich gegenseitig an allen möglichen und unmöglichen Stellen.

Und Noelle wird wieder zu deutlich der Zweck ihrer Anwesenheit in Utrecht während der MASCHINA 2016 klar: Ficken, ficken und nochmals ficken. Wozu sonst kann man eine Dame einsetzen, die bereits gekündigt hat? Um seriöse Kunden zu verschaukeln? Nein, Noelles Besuchszweck ist einzig und alleine, ihre sexuellen Lüste auszuleben - zum Wohle der Firma natürlich. Und das tut sie wirklich ausgiebig.

„Schade, dass du bald aus der Firma ausscheiden wirst!" Genüsslich beißt Karel sie in die rechte Brustwarze und schüttelt sie, wie ein Hund seine Beute schüttelt. .

„Ich ziehe doch nicht auf den Mond!" Sie entspannt sich und lässt den leichten Schmerz, das Ziehen, Zwicken und Kneifen in der Brustwarze tief auf sich wirken. Es erregt sie. Sie wird unten nass. „Ich wechsle doch nur die Firma!", keucht sie.

„Trotzdem - ich werde dich nie wiedersehen!" Seine Hand neckt ihre Klitoris, streicht sanft nach oben und wieder nach unten. Es ist, als spiele jemand Geige damit, und Noelle schnurrt wohlig wie eine zufriedene Katze.

Dann ist sein großer, gieriger Mund unten an ihrer Klitoris. Seine Zähne ziehen daran, beißen und ziehen an dem warmen und weichen Gewebe. Seine Zunge schiebt sich verführerisch in ihren Scheideneingang, saugt daran, scheint all ihre Flüssigkeit auszutrinken, sie völlig leerzutrinken.

„Du wirst meine Privatadresse bekommen!" Sie kichert und keucht. Oh Mann, tut das gut, so herrlich gut! „Und - wenn du in meine Gegend kommst: Anruf genügt, und wir machen dort weiter, wo wir heute Abend aufhören!"

„Das klingt wirklich verlockend! Ich denke, ich werde dein Angebot annehmen!"

Wieder knuddelt er ihre Brustwarzen, knetet ihre Brüste, lutscht an ihren Brustwarzen und steckt dann seinen Penis in ihre Scheide. Sie ist bereit zum dritten Orgasmus heute Abend. Oh - von diesem Mann kann sie nicht genug bekommen - er ist einfach hinreißend! Ein sonnengebräunter athletischer Körper, sagenhaftes Aussehen und ein sehr künstlerischer und leidenschaftlicher Liebhaber. Der Top-Mann schlechthin. Dagegen sieht Bernd eher blass aus.

Tja - wobei sie sowieso schwankt, welcher Mann, den sie während der Messe vögeln durfte, die absolute Nummer Eins für sie ist. Lando-Frank scheidet aus, er war recht langweilig. Dafür sieht er verdammt gut aus! Absolute Spitzenklasse jedoch waren die beiden Finnen und Karel. Ja - wer von den beiden „Mannschaften" ist denn besser?

Noelle kann sich nicht entscheiden, aber zuerst einmal befördert Karels Penis sie blitzschnell in den siebenten Himmel der Lüste. Oh - bei diesem Mann könnte sie wirklich schwach werden!

46. Kapitel

Frau Hartheimer, wie kann ich Ihnen helfen?"
Jessy liegt, mit einem Flügelhemdchen bekleidet (das ist Krankenhauskleidung – Anmerkung der Autorin) auf dem Bauch auf einer Liege in einem Behandlungsraum der Universitätsklinik in Utrecht. Ihren Slip trägt sie noch, denn eine lange Damenbindung fängt das Blut, das immer wieder aus ihrem Hinterteil kommt, auf.

Die Frage kommt von einem jungen Arzt in blauen Operationsklamotten. Es ist Herr Dr. Visser, wie Jessy auf seinem Namensschild lesen kann.

„Mein Hinterteil tut mir weh. Und es blutet. Ich weiß nicht, wieso. Denn ich weiß nicht, was mit mir passiert ist", gibt Jessy kleinlaut zu.

Der Arzt setzt sich an einen Schreibtisch und liest am Computer Jessys Krankengeschichte.

„Aha", meint er anschließend. „Ich werde mir jetzt Ihren Darm ansehen. Herr Dr. Albrecht hat mich informiert. Ziehen Sie bitte Ihren Slip aus!"

Jessy dreht sich unter Schmerzen auf den Rücken und versucht, sich von ihrem Slip zu befreien. Eine Krankenschwester hilft ihr dabei.

Dr. Visser tastet vorsichtig mit behandschuhten Händen Jessys Hinterteil ab. Außerdem zieht die blutige Damenbinde die Aufmerksamkeit des Arztes auf sich. Aus der starken Blutung ist eine mittelmäßig starke Blutung geworden – jedoch ist das kein Grund für den Arzt, Entwarnung zu geben.

Der Arzt wirft die gebrauchten Handschuhe in einen Abfalleimer.

„Ich muss bei Ihnen eine Darmspiegelung machen. Es ist wichtig, dass ich mir Ihren Darm komplett ansehe. Sie haben offensichtlich Verletzungen – und ich muss prüfen, welche Stellen im Darm genau in Mitleidenschaft gezogen wurden. Dann sehen wir weiter."

„Eine Darmspiegelung?" Jessy meint, nicht richtig zu hören. „Muss man dafür nicht vorher ein übel schmeckendes Pulver, aufgelöst in Wasser, schlucken?"

Dr. Visser lacht. „Normalerweise schon. Aber bei Ihnen haben wir keine Zeit dafür!"

Jessy liegt auf der Liege und beißt ihre Lippen zusammen. Eine Darmspiegelung! Das hat ihr gerade noch gefehlt!

„Ich werde Ihnen jetzt ein Schlafmittel geben!", redet Dr. Visser weiter.

„Ein Schlafmittel? Nein, bitte nicht!", ruft Jessy verzweifelt. Sie erinnert sich mit Schaudern an den gestrigen Abend.

„Beruhigen Sie sich!" Der Arzt berührt sie am Arm. „Normalerweise kann man Darmspiegelungen auch ohne Schlafmittel durchführen – aber in Ihrem Fall empfehle ich dringend, sich das Schlafmittel geben zu lassen. Gerade, weil Sie Schmerzen haben."

„Wie werden Sie die Darmspiegelung machen?" Jessy ist skeptisch.

Der Arzt erklärt:

„Ich werde einen Schlauch in Ihren Darm einführen und durch Ihren Darm leiten. Das tut nicht weh. An diesem Schlauch ist eine Kamera befestigt, mit der ich in den Darm sehen kann. Wenn ich Polypen – das sind Geschwüre - finde, werde ich sie entfernen, auch das tut nicht weh. Darmpolypen sind meistens gutartig, aber sie müssen entfernt werden. Wenn ich eine Blutung finde – so wie ich in Ihrem Fall vermute -, werde ich versuchen, die Blutung zu stillen."

Jessy seufzt. „Gut, dann muss ich da wohl durch..."

Der Arzt nimmt ihren linken Arm, sprüht die Armbeuge mit einem Spray ein und legt eine Infusion in eine Vene. In dem Infusionsbeutel über Jessy hängt Schlafmittel, das so nach und nach in Jessys Körper tropft.

Jessy soll sich auf die linke Seite legen und tut das. Dann ist sie eingeschlafen.

47. Kapitel

Als Jessy erwacht, weiß sie zuerst nicht, wo sie ist. Die Darmspiegelung ist vorbei.

Auf einem Monitor an der Wand ist ein merkwürdiges Bild zu sehen. Es dauert eine Weile, bis Jessy erkennt, dass das ein Blick auf einen kleinen Teil ihres Darms ist. .

„Sie sind wach!", stellt Dr. Visser fest. „Wie fühlen Sie sich?"

„Es geht mir besser. Ich fühle mich nur ein bisschen müde!"

„Das klingt gut. Ich habe mir Ihren Darm angesehen. Es gibt keinerlei Polypen oder andere Auffälligkeiten, die ich entfernen musste. Dafür aber haben Sie mehrere Löcher und Risse in Ihrem Enddarm, aus denen Ihre Blutungen gekommen sind. Einige von diesen Verletzungen gehen tief in die Haut und in Muskelgewebe und davon kamen die Blutungen. Ich habe einige dieser Verletzungen nähen müssen, damit die Blutungen nicht mehr auftreten und das Darmgewebe heilen kann."

Jessy sieht das auf einem neuen Foto auf dem Bildschirm. Dunkle Streifen sind in ihrem Enddarm, in denen sich Fäden befinden.

„Was passiert mit den Fäden, wenn die Wunden geheilt sind?", fragt sie.

„Ihre Fäden werde ich in zwei Tagen ziehen!" Jessy erschrickt, aber der Arzt beruhigt sie. „Übermorgen mache ich eine Kontroll-Operation bei Ihnen. Sie werden wenig davon merken, denn Sie bekommen eine örtliche Betäubung. Ich muss Abstriche von den Wunden machen und sie spülen. Das ist wichtig, um zu sehen, ob die Verletzungen richtig verheilen und ob das Antibiotikum wirkt. Ich werde die Wunden dann neu nähen. Wie lange diese Fäden drin bleiben, werden die Ärzte in Deutschland entscheiden. Auch Ihr Schließmuskel dürfte sich wieder erholen. Da hat wirklich jemand mit Gewalt in Ihrem Enddarm gearbeitet. Können Sie sich nicht erinnern, wer es war?"

Jessy zögert. „Ich habe einen Verdacht", gibt sie zu. „Aber ich kann nichts beweisen, da ich bewusstlos war oder geschlafen habe."

„Sie sollten mit der Polizei reden, wenn Sie wieder gesund sind. Aber Sie bekommen jetzt zuerst ein Einzelzimmer auf Station. Und dann gibt es Antibiotika, eine Tetanus-Spritze und Schonkost. Schließlich soll Ihr Darm gesund werden!"

„Ein Einzelzimmer?", fragt Jessy. „Entschuldigung, aber das kann ich mir nicht leisten."

„Machen Sie sich um die Krankenhauskosten keine Gedanken! Alles, was Ihre Krankenkasse nicht bezahlt, bezahlt die Firma BOULANGER für Sie!"

Der Arzt verschwindet zum nächsten Patienten, während Jessy sprachlos darauf wartet, von einer oder zwei Krankenschwestern in ein Krankenbett gehievt und auf eine Station geschoben zu werden.

48. Kapitel

Daphne und Noelle und ihre Kollegen haben jede Menge Hektik auf dem BOULANGER-Messestand. Der letzte Messetag ist angebrochen. Es gilt, diesen Tag würdevoll zu überstehen. Daphne und Noelle tragen luftige und moderne Kleider - gerade richtig für den Sommer. Wo Jessy ist, wissen sie nicht. Nachdem sie vom Messearzt nicht zurückkam, machen sie sich Sorgen. Äußerlich ist ihnen davon nichts anzumerken, sie sehen hübsch aus wie immer und zeigen allen Menschen das adrette Messelächeln. Ihre Koffer waren schnell gepackt - nach dem Frühstück sollten alle Standmitarbeiter ihr Gepäck in die Geschäftswagen laden. Denn abends nach Messe-Ende will man schnurstracks nach Hause fahren.

Sie sind froh, als ihr Gepäck im Auto verstaut ist, als sie Abschied genommen haben vom Hotel und im Geschäftswagen mit Thordes und Klaas zur Messe fahren.

Nur Jessys Sachen sind noch in ihrem Hotelzimmer, da Jessy am Morgen nicht zum Frühstück erschien. Auf dem Messestand war sie zwar schon – aber dann sehr schnell beim Arzt. Jessy ging es nicht gut. Was die Kollegin aber genau für Sorgen hatte – damit wollte sie nicht herausrücken.

Daphne und Noelle bemerkten aber, dass Jessy weder sitzen noch stehen konnte, ohne Wahnsinnsqualen zu erleiden.

Niemand auf dem BOULANGER-Stand scheint zu wissen, was Jessy genau passiert ist. Hat nicht jeder Standmitarbeiter versprochen, über alles, was auf dieser Messe geschehen ist, Stillschweigen zu bewahren?

Was die Standmitarbeiter nicht wissen, ist, dass Herr Boulanger ein Telefongespräch mit Herr. Dr. Albrecht führen muss. Als er hört, was der Arzt ihm über Jessy zu sagen hat, wird er unter seiner im Sonnenstudio gebräunten Haut etwas bleich. Aber nur etwas. Ereignisse sind aus dem Ruder gelaufen – und Jessy ist in eine missliche

Lage geraten. Er ist bereit, seine Mitarbeiterin jetzt nicht im Stich zu lassen. Alles wäre nicht passiert, wenn sie nicht auf dieser Messe gewesen wäre.

Nach 17 Uhr beginnen Daphne und Noelle, Geschirr, Gläser und Aschenbecher unauffällig zusammen zu räumen und in Kisten zu verpacken, die dann unter der Bar verstaut werden. Ein „eiserner Bestand" bleibt natürlich noch zur Verfügung, um hungrige und durstige Seelen zu beglücken.

Die Herren stehen herum wie die Ölgötzen oder führen geschäftliche Diskussionen. Nur Lando-Frank geht den Damen ein bisschen zur Hand, erbarmt sich der Kataloge und stopft viele - außer einem kleinen Häufchen zum Verteilen - in Kisten.

Noch weitere Dinge landen in Kisten, werden diskret verstaut. Das Treiben auf dem Stand soll nicht gestört werden, man will keine sichtbare Aufbruchsstimmung verbreiten.

Um sechs Uhr abends verkündet eine Stimme in den Messehallen:

„Meine Damen und Herren, wir schließen jetzt das Messegelände. Wir danken Ihnen für Ihren Besuch, wir danken den Ausstellern - und wir hoffen, Sie auch in drei Jahren bei der nächsten MASCHINA begrüßen zu dürfen!"

Daphne und Noelle atmen auf - endlich ist die Messe vorbei! Eine halbe Stunde später befinden sie sich mit einigen Kollegen auf dem Weg nach Pappelgrubenhausen.

49. Kapitel

Sie sind Otis Haegele?" Forsch halten zwei Polizisten Otis ihre Ausweise unter die Nase, als er nach einem Klingeln seine Wohnungstür öffnet. „Ja, der bin ich. Was ist los?"

„Wir müssen Sie verhaften. Wegen Körperverletzung. Sie haben K.O.-Tropfen in ein Getränk von Alison Nelson getan."

„Das muss ein Irrtum sein. Das war ich nicht. Ich kenne diese Frau nicht!", wehrt sich Otis Haegele.

„Die Frau kennt Sie allerdings schon. Sie hätte sterben können, als sie von der Parkbank fiel. Dank eines aufmerksamen Passanten kam sie gleich ins Krankenhaus. Sie musste dort behandelt werden. Man konnte eindeutig nachweisen, dass sie K.O.-Tropfen bekommen hat", berichtet einer der beiden Polizisten.

Aber Otis lässt sich nicht so leicht unterkriegen.

„Diese Tropfen wird sie von einer anderen Person bekommen haben. Was fällt Ihnen ein, unschuldigen Leuten etwas anzuhängen?"

„Nein", sagt der andere Polizist bestimmt. „Alison hat die Tropfen von Ihnen bekommen. Und Ihr Freund Adam hat gegen Sie ausgesagt. Er hat genug davon, Sie und Ihre sexuellen Neigungen immer wieder decken zu müssen!"

Otis schluckt. Es ist vorbei.

50. Kapitel

Monique freut sich, an diesem Freitagmorgen ihre „heißgeliebten" Kollegen wiederzusehen, die wie ein munterer Bienenschwarm ins Büro strömen.

Überschwänglich wird auch sie begrüßt. Freundschaftliches Schulterklopfen, ein nettes „Na, wie geht es?" und ein aufmunternder Seitenblick von Herrn Dr. Feige: „Ich bin sicher, Sie haben diesen Betrieb am Laufen gehalten!"

Monique lächelt nicht, sie ist immer noch sauer. Sie beantwortet Fragen, übergibt E-Mails, Faxe, Briefe und andere Dokumente an die Personen, die sie während der Messe vertreten hat.

Ihre Kolleginnen und Kollegen sehen alle so erholt und fröhlich aus - vollgepfropft mit Wissen, Erfahrung und neuen Eindrücken. Erst später fällt ihr auf, dass ihr erster euphorischer Eindruck falsch war: Helge und Daphne gehen sich geflissentlich aus dem Weg, Lando-Frank scheint überhaupt nicht bei der Sache zu sein und Noelle wirkt zu aufgedreht.

Aber wo steckt Jessy? Krank sei sie, sie habe sich während der Messe verletzt und musste in einem Krankenhaus behandelt werden, kommt die Information aus der Personalabteilung, die für die Krankmeldungen zuständig ist.

Alles ist sehr merkwürdig, stellt Monique für sich fest und erledigt ihre Arbeit.

Auf einmal ruft sie Herr Dr. Feige in sein Büro. Sie tritt ein, schließt die Tür hinter sich und setzt sich.

„Wir brauchen Sie, Frau Rosenberger! Könnten Sie in einer bis zwei Stunden bereit sein, nach Utrecht zu fahren?", beginnt Herr Dr. Feige mit seinem Anliegen.

„Nach Utrecht? Oh, das wäre spitze!", bricht es aus Monique hervor.

„Sie werden die Abbauarbeiten des Messestandes beaufsichtigen. Wie Sie wissen, werden einige Monteure den Stand abbauen. Außerdem werden Sie sich um Frau Hartheimer kümmern!"

Monique stutzt, sagt aber erst einmal nichts.

„Frau Hartheimer war bewusstlos und ist offensichtlich von einem unserer Kunden verletzt worden. So sehr, dass sie jetzt in Utrecht im Krankenhaus liegt. Dort wird sie noch behandelt, kann aber am Montag wieder nach Hause fahren. Sie sollen Frau Hartheimer im Krankenhaus besuchen und ihre Sachen packen, die noch im Hotel „Brijkhusen - ahoi!" liegen. Außerdem sollen Sie Frau Hartheimer am Montag nach Deutschland begleiten. Ich denke, Sie sind die richtige Person für diese Aufgaben!"

„Ja, ja – natürlich erledige ich das!", ruft Monique hocherfreut. Endlich kommt sie einmal nach Utrecht auf die Messe – wenn auch nicht so, wie sie es ursprünglich haben wollte. Aber immerhin.

„Soll ich mit einem Geschäftswagen nach Utrecht fahren – oder wie läuft das? Und wo werde ich übernachten?", fragt sie.

„Herr Boulanger hat für Sie im Hotel „Brijkhusen - ahoi!" ein Einzelzimmer mit Frühstück reserviert", erklärt Herr Dr. Feige. „Und nach Utrecht fahren Sie zusammen mit einigen Monteuren, die sich in zwei Stunden auf den Weg dorthin machen. Sie fahren bei den Monteuren im Auto mit."

Monique staunt nur noch, als ihr Herr Dr. Feige auf die Schultern klopft und gönnerhaft meint:

„Sie werden alles gut erledigen, da bin ich sicher!"

Sie verabschiedet sich von ihm und rennt aus seinem Büro. Schnell schaltet sie ihren Computer am Arbeitsplatz aus, räumt den Schreibtisch auf, packt ihre Handtasche und stempelt aus. Dann fährt sie mit ihrem Auto zu ihrer Wohnung, um schnell ein paar Sachen für ein Wochenende in Utrecht zusammen zu packen.

51. Kapitel

Ein tolles Zimmer hast du!", staunt Monique, als sie Jessy abends noch im Krankenzimmer in der Universitätsklinik in Utrecht besucht. Bewundernd lässt Monique ihre Blicke über die beigefarbenen Eichenmöbel gleiten.

Monique sitzt neben Jessy, die auf dem Bauch im Bett liegt

Monique hat im Hotel eingecheckt und dort auch eine Pizza gegessen. Entspannt nippt Monique jetzt an einem großen Glas Eistee, das sie sich aus einem Automaten im Krankenhaus geholt hat. Sie bemerkt, dass Jessy unter starken Schmerzen leidet. Jessy muss wirklich eine üble Verletzung während der Messetage erlitten haben.

„Wie war die Messe?", fragt Monique.

Jessy seufzt. „Was haben die lieben Kollegen darüber berichtet?"

„Oh - sie stecken voller Elan und neuer Ideen. Nur Daphne und Helge meiden sich wie die Pest. Lando-Frank scheint übermüdet und fahrig - und Noelle hüpft herum wie ein aufgedrehter Brummkreisel!"

„Noelle hat auch den meisten Spaß gehabt!"

„Sag' mal, Jessy", Monique beugt sich flüsternd vor. So, als könne sie jemand hören, obwohl sich doch kein Mensch außer ihnen in diesem Krankenzimmer aufhält. „Irgendwas stimmt mit dieser Messe nicht ... Ich meine, jeder macht ein Geheimnis daraus und sagt mir nicht, warum ich nicht mitgehen durfte..."

Jessy nickt. „Ich weiß, was du meinst. Sprich es aus!"

„Als mein Abfluss letzte Woche verstopft war und ich mich ärgerte, schossen mir komische Gedanken durch den Kopf..." Monique druckst herum, leckt sich die Lippen. Dieser Verdacht scheint ungeheuerlich - soll sie ihn tatsächlich aussprechen?

Sie fährt fort - auf andere Weise: „Ich bin traurig, dass ich für die Arbeit auf dem Messestand nicht gut genug war - ich denke, ich habe etwas versäumt!"

„Du hast keine Sekunde versäumt!" In Jessys Augen schimmern Tränen, ihre Stimme klingt fest:

„Darf ich dir etwas verraten?"

Monique schluckt. „Ich hatte plötzlich den Gedanken, dass irgendetwas in Utrecht auf dieser Messe unnormal ist!"

„Ja - das ist es auch!" Jessy nickt zustimmend. „Monique - getraust du dich, meine Unterhose herunterzuziehen?"

„Wie bitte? Das meinst du doch nicht im Ernst!"

„Habe keine Angst - nicht jeder darf das. Aber du heute ausnahmsweise. Schau' dir meine Hinterseite an - und ich werde dir etwas erzählen!"

Monique steht auf und streckt ihre steifen Glieder. Sie stellt ihr Glas auf den runden Holztisch und beugt sich über die Kollegin. Leicht zupft sie an der geblümten Unterhose, zieht sie vorsichtig herunter - und erstarrt. Der

Hintern ist grün und blau, in der unnatürlich geweiteten Afteröffnung sind Fäden zu sehen. An einigen der Fäden befindet sich verkrustetes Blut.

„Du liebe Zeit - was ist denn das? Und wie ist das passiert?"

Vorsichtig zieht sie die Hose wieder hoch und setzt sich neben die Kollegin.

Jessy lächelt ihr aufmunternd zu:

„Das ist vorgestern passiert. Mit einem Kunden. Ich habe mich in ihn verliebt, ich habe ihm vertraut. Aber er hat mich ausgetrickst, und ich konnte nichts dagegen tun. Wahrscheinlich hat er mir K.O.-Tropfen in ein Getränk geschüttet und mir, als ich bewusstlos war, diese Verletzungen am Hinterteil zugefügt, um leichter Analsex haben zu können. Mir ist alles so peinlich..."

Jessy wimmert. Monique streichelt ihre Arme, um sie zu beruhigen.

„Es wird alles wieder gut! Und wenn ich dich zu Ärzten begleiten soll, dann sag es mir bitte!"

„Übermorgen gibt es eine Kontroll-Operation. Es werden Abstriche gemacht und die Wunden werden gespült. Zum Glück werde ich eine örtliche Betäubung bekommen!" Jessy lacht bitter. „Der Arzt hier macht alles sehr gut. Ich sollte eigentlich dankbar sein."

Monique schweigt. Sie sitzt nur da und hört zu.

„Es wird jedoch Zeit, dass das alles einmal ans Tageslicht kommt", fährt Jessy fort. „Ich habe so genug von dieser Messe! Ich gehe nicht mehr dorthin! Geheimnisse sind so quälend - besonders, wenn andere Menschen dadurch verletzt werden und so leiden müssen, wie ich es jetzt tue! Ich schwöre dir: sobald es mir besser geht, suche ich die Polizei auf!"

Dann erzählt sie Monique haarklein alles über die Messe und über Otis Haegele.

140

Zufrieden lehnt sich Herr Boulanger über die Steinbrüstung im vierten Stock seines glanzvollen, neuen Bürogebäudes. Die Geschäfte laufen hervorragend - die Messe war ein voller Erfolg! Die eindrucksvolle Präsentation der Firma BOULANGER, Kompetenz und Flexibilität zeichnen eindeutig für diesen Erfolg verantwortlich. Und natürlich die Tatsache, dass die Messedamen in viele Betten sprangen und so zaudernde Kunden zu neuen, teilweise millionenschweren, Aufträgen bewegten!

Was mit Frau Hartheimer passiert ist, war eine Panne. Solch eine Panne ist bisher noch nie passiert. Aber auch solch eine Krise werden Herr Boulanger und seine Firma meistern. Immerhin bekommt Frau Hartheimer in den Niederlanden die bestmögliche Behandlung – und wird deswegen schnell genesen und der Firma bald wieder zur Verfügung stehen.

Herr Boulangers Blick gleitet über einen großen sattbraunen Acker hinter dem Bürogebäude. Dort soll in naher Zukunft eine neue Tennishalle entstehen - das Geld dafür hat er jetzt. Und heißt es nicht, dass potentielle Kunden sich beim Sport entspannen und besser zu Auftragsverhandlungen bereit sind? Er freut sich, bald mit seinen Kunden in seiner eigenen Halle manch spannendes Tennismatch bestreiten zu können.

Herr Boulanger freut sich schon auf die nächste Messe - diesmal MASCHINA 2019. Zu Recht.

Und auch dann wird er wieder Leute einsetzen, die gekündigt haben, wenn er es will. Denn soll er wirklich auf einträgliche Bettgeschichten verzichten?

Nein - er ist doch ein Geschäftsmann!

Interviewerin: Guten Tag, Frau Barnett. Ich habe Ihr Buch gelesen. Ich habe oft darüber lachen müssen über Ihren trockenen und spritzigen Humor. Aber es gab auch Stellen, die mich schockiert haben. Wie kamen Sie auf die Idee, dieses Buch zu schreiben? Jacqueline K. N. Barnett: Wie Sie sicherlich ahnen, ist mein Autorenname ein Pseudonym. Aber das ist so gewollt. Die Idee zu diesem Roman kam durch eigenes Erleben. Ich habe in einer Firma gearbeitet, deren Mitarbeiter immer wieder auf Messen gingen. Zu einigen der Messen durfte ich nicht mitgehen. Ich habe mich gefragt, warum das so ist. Dann ist mir die Geschichte eingefallen, die ich aufgeschrieben habe. Das Schreiben dieses Romans hat mir Spaß gemacht.

Interviewerin: Und wie kamen Sie dazu, zwischen all der Heiterkeit und Frivolität eine „grausame Variante" in die Handlung einzubringen? Jacqueline K. N. Barnett: Wie Sie sicherlich gemerkt haben, lebt die Messe, die ich beschreibe und die es ja in Wirklichkeit nicht gibt, von Lieblosigkeit. Leute arbeiten auf Messeständen, andere Leute besuchen die Messe – und viele von ihnen suchen neben geschäftlichen Anliegen das schnelle Erlebnis, den erotischen Kick, einfach ein Abenteuer. Für Liebe ist da kein Platz – nur für den schnellen Sexkonsum. Sex ist hier Ware – er führt vielleicht dazu, dass später Aufträge erteilt werden oder auch nicht.

Ich selbst habe solch eine lieblose Atmosphäre in einem „Hausbibelkreis" einer der beiden großen Kirchen bemerkt. Es wurden dort Informationen über mich gestohlen und missbraucht. Zudem wurde ich von dieser Gruppe auch noch bedroht, als ich wagte zu sagen, dass ich das nicht gut finde.

Wenn man solche Erlebnisse in sich hineinfrisst, entstehen grausame und skurrile Ideen, die man als Geschädigte irgendwie in einen Roman einfließen lässt.

Solche Ideen helfen, eigene schreckliche Erlebnisse – Klatsch und Tratsch und Missbrauch und Diebstahl von Informationen beispielsweise – zu verarbeiten.

Interviewerin: Das klingt nicht gut. Und ich dachte immer, ein Hausbibelkreis hätte einen positiven Einfluss auf Menschen und würde sie ruhig, geerdet und ausgeglichen machen.

Jacqueline K. N. Barnett: Sicherlich gibt es einige Hausbibelkreise, die solche Voraussetzungen erfüllen, aber eine Gruppe, in der über andere Menschen hinter deren Rücken geklatscht und getratscht wird, kann keine Beziehungen aufbauen und pflegen, sie bietet keine geistliche Heimat – sie trägt eher dazu bei, dass Menschen aus einer Kirche austreten, beziehungsweise nicht wieder dort eintreten.

Interviewerin: Können Sie mir Bücher nennen, die Ihnen geholfen haben, diesen Roman „Himmel voller Leidenschaft" zu schreiben?

Jacqueline K. N. Barnett: Das Buch „Geodreieck sucht Futur I fürs Leben hat mich – meiner Meinung nach - durch die erfrischende Schreibweise des Autors Sylvester Pettr Clarkey überzeugt und dazu gebracht, dieses Buch hier ebenfalls erfrischend zu verfassen.

Meiner Ansicht nach haben mich auch Bücher von Don Winslow, Cody Mc Fadyen und Jack Ketchum nachhaltig beim Schreiben beeinflusst – so wie auch die Bücher „Hund Couture" von Hasso Longnose und „Feuchtgebiete" von Charlotte Roche.

Jetzt warte ich nur noch darauf, dass mein Buch „Himmel voller Leidenschaft" ein Bestseller wird (lacht).

Interviewerin: Können Sie zum Abschluss noch etwas über Ihre Hauptfiguren Daphne, Noelle, Monique und Jessy sagen?

Jacqueline K. N. Barnett: Natürlich. Ich stelle hier vier Frauentypen vor, mit denen ich schon selbst zu tun hatte. Da ist erstens die clevere Daphne, die ihren Job bestens beherrscht – aber auch eine Sexbombe ist. Für sie sind all die sexuellen Abenteuer auf der MASCHINA-Messe Routine – und genauso erledigt sie diese auch. Nichts kann sie beunruhigen, nichts kann sie schockieren. Nicht einmal der wilde Sex mit einem indischen Kunden. Noelle zeigt uns eine ähnliche Lockerheit. Wobei sie alles sehr leicht nehmen kann, da sie bei BOULANGER gekündigt hat. All die Bettgeschichten machen ihr großen Spaß, sie braucht nichts zu befürchten, solange sie die Pille nimmt. Sie wird auch niemandem etwas über den Sex während der Messetage erzählen. Denn – wen interessiert das schon? Außerdem will sie mit ihrem Job bei BOULANGER abschließen.

Jessy ist eine Frau, die den Lesern leid tun darf. Sie versucht nur, ihre Arbeit zu machen. Sie ist attraktiv und ehrlich. Ausgerechnet sie gerät an einen Schuft, der sie verletzt. Sie wird jahrelang zu Männern kein Vertrauen mehr haben und Männer meiden. Schade.

Monique hat bereits am Anfang verloren wegen ihrer Biederkeit und, weil sie einfach nicht der Typ ist für eine Messe, bei der auch sexuelle Begierden eine Rolle spielen. Aber am Schluss hat sie überraschend gewonnen – und erhält doch noch Wertschätzung von ihrem Arbeitgeber.

Interviewerin: Danke für das Gespräch.

Jacqueline K. N. Barnett: Gern geschehen!